Best Time

白马时光

长安故事集

程维 著

天津出版传媒集团
百花文艺出版社

图书在版编目（CIP）数据

长安故事集 / 程维著. — 天津：百花文艺出版社，2024.8
ISBN 978-7-5306-8620-1

Ⅰ. ①长… Ⅱ. ①程… Ⅲ. ①短篇小说－小说集－中国－当代 Ⅳ. ① I247.7

中国国家版本馆 CIP 数据核字（2023）第 165248 号

长安故事集
CHANG'AN GUSHIJI
程维 著

出 版 人：薛印胜
责任编辑：胡晓童　　封面设计：陆 璐
特约编辑：Lexie 亦 行　版式设计：童 磊 橙 子
营销编辑：王 荃
出版发行：百花文艺出版社
地址：天津市和平区西康路 35 号　邮编：300051
电话传真：+86-22-23332651（发行部）
+86-22-23332656（总编室）
+86-22-23332478（邮购部）
网址：http://www.baihuawenyi.com
印刷：天津融正印刷有限公司
开本：880 毫米 ×1230 毫米　1/32
字数：140 千字
印张：6.75
版次：2024 年 8 月第 1 版
印次：2024 年 8 月第 1 次印刷
定价：52.80 元

如有印装质量问题，请与天津融正印刷有限公司联系调换
地址：天津市武清区森淼道东 A2 门
电话：022-29353509
邮编：301707

序

虽然是“序”，但作者都是在书完成后再来写的，请别人写的不是“序”，是吆喝。我一直固执地以为“序”是作者自己写的才对。过去，书写完了，总是意犹未尽，贾以余勇，写了“后记”还不够，又回到从头的空白，开始写“序”，很享受。我最怕读的“序”，仿佛一篇论文，使整本书成了佐证作者论点的一堆材料，这几乎把一本书毁了。所以每当写“序”，我都十分谨慎，可渐渐发现，自己是不愿写“序”的。尤其现在一部书写完了，似乎已无可言说，有关该书的一切，都写在里面，读者去看，便是作者最好的托付。

一个作者终将要托付给读者的是什么呢？这个问题我总在思考，读者肯定不会对作者那点儿可怜的才华和思想感兴趣。但我们却要一点一点或者说一个字一个字地把内心构想的世界与性命掏出来，就算是字字珠玑，也未必真能打动谁，让人手不释卷地看下去，这在当下几乎是一种“奢望”。

我是一个不敢有任何“奢望”的人，之所以还在写书，仅仅是迷恋于写作这门“手艺”。因为我至今仍是一个手工写作者，我对电脑打字不感兴趣，手写使我将每个字都视如己出。一旦面对写作就断了偷奸耍滑之念，如同女子进了产房，拼命将孩子生出来就是，可见写作也是拼将性命的事。这是严重的说法，不严重的说法也始终在我身上存在，因为我坚持把写作视为艺术游戏的一种，它是重与轻的结合与平衡，每一次写作基于游戏性的一面，它是对灵魂的减轻，而并非相反。

但我写作的另一潜在动因又取决于对人类世界一种虚构的、创世性的增加。哪怕每本书（小说）通过我的虚构只是为这个世界增加了一点点东西，也是我想把它托付给读者的，尽管这和读者没有关系，因此我就更要说一声“拜托”！

写这本书时，我感觉自己像是走进了一座大楼，它没有窗户，只有一道门，我走进去，发现这楼是书做的，不仅墙是书，楼梯是书，普通房间是书，贮藏室是书，地下室也是书，它就是一座图书馆，更令我惊奇的是里面的所有书都是长安，并由此形成一个虚构的坚固城邦。它与我游历过的罗马、巴黎、佛罗伦萨和米兰、敦煌、平遥古城及欧洲的一些城堡都有些相像。我一打开长安，天空就被秋日撑高了。我看到书做的宫殿与城门，鲜艳夺目的朱漆和反光的金色琉璃。大雁飞出的书脊，以及书做的朱雀大街与里坊。书做的东市和西市，众声喧哗。宫殿是16开的精装本和蓝色布面宣纸线装本。东市和西市也是16开本的书，西市有人试图用羊皮精装，未成。东市有人试图用布面线装，也未成。里坊有32开和36开两种，接近皇家御道朱雀大街两旁的是36开本的书——太平坊、和善坊、兴道坊、务本坊、通义坊、通化坊、开化坊、崇义坊，以此类推。而皇城两侧及东、西市周边的皆为32开——修德坊、安定坊、修真坊、普宁坊、休祥坊、辅兴坊及西市周边的群贤坊、居德坊、礼泉坊、布政坊、怀德坊、崇化坊、怀远坊、延康坊、光德坊、延寿坊等皆是如此。邻近宫城东宫的四个坊也是36开——光宅坊、翊善坊、永昌坊、来庭坊。旁边的长乐坊、入苑坊（又称十六王宅）、大宁坊、兴宁坊及兴庆宫（兴庆坊）和东市周边的胜业坊（公主坊）、崇仁坊（皇亲国戚居住的繁华区，车马辐辏，昼夜喧呼，灯火不绝，京中诸坊，莫之与比）、永嘉坊、平康坊（京都侠少汇集于此，每年新进士以红笺名纸游谒其中。名士宅邸、寺院、道观、各地节度使设立的京城办事处、进奏院、节度使部分京邸等都在其中）、务本坊（国子监、孔庙太学、四门学等所在地）、宣阳坊（杨贵妃之姊虢国夫人美轮美奂的大宅邸，其兄杨国忠、其妹韩国夫人、秦国夫人的馆舍都在这里）、亲仁坊、安邑坊、道政坊、常乐坊、靖恭坊、永宁坊（皇帝赐给安禄山的永宁园和白乐天的短暂居住地杨冯故宅竹木池馆，都在该坊）等——这些里坊都是32开本的书。长安从城市设计便于管理上说完全是秩序的典范，皇帝坐在高于全城的宫殿皇城上，对108坊一览无余，看似了然于胸、明察秋毫，但他对长安的地下迷宫却如同失明症患者，连漫游的能力也没有。那座隐形的城市虽在他的眼皮底下，他却看不见，这就像灯下黑。对爱好弈棋的皇帝来说，长安是一盘棋，他常常凝视着这盘棋，唯恐棋局被打乱。宫殿是另一本书，里面有太极宫、大明宫、兴庆宫（内有花萼楼、勤政楼等彰显盛世大唐的大型歌舞场所），太极宫里有高祖李渊和太宗李世民，大明宫有武皇则天、太平公主和面首及一些诗人的身影。兴庆宫有玄宗李隆基和杨玉环，还有梨园。进入东市与西市，有很多店铺，我看见很多纸人在走动，戴着画出的面具，有的写着熟悉的名字，有的没有名字。图书馆的长安活动着帝王、后妃、太监、奸相、弄臣、御史大夫、骠骑将军、十六王、羽林军、太子和仕女、公主、女史、命妇、驸马郎、进京节度使、中书舍人、左卫将军、骑马的、坐驴的、受委任的地方官、进贡的外国使节、富商、行贾、梨园子弟、宫廷画师、翰林待诏、书籍收藏者、歌妓、剑侠、道姑，也有的是小吏、珠宝商、僧人、抄经卷的书手、五陵少年、卖酒的、相马的、赶考的、跑单帮的、做扇子、开香铺的、卖珠宝的、打铁的、写诗的、算命的、开钱庄的、卖绸缎和绢的、放贷的、养马的、开客栈的、磨铜镜的、做木匠的、卖炊饼的、开青楼的、乐工、酒肉和尚、风水师、长老、美少年、道士、女尼、卖艺的、隐士、沙门空海、武术家、剑客、胡姬、波斯商人、昆仑奴、遣唐使者、留学生、酒徒、幻术工作者、伶官、阴谋家、才子、好为人师者、画僧、新科状元、探花、三榜进士、落第书生、江湖豪客、任侠者、卖蔬菜者、丹青手、笔记野史著作者、做幞巾的、杂耍艺人、里正、不良人、更夫、驯兽师等诸多人和物，各色词目，每一条目都是故事命运与传奇，都是一个鲜活而又魔幻的长安。长安就在这每一个词目里，每一个词目都在长安里。我翻阅着一本书，不时会从里面落下一些细微的东西，我开始以为是灰尘，细看是人的命运，一千个人就有一千个长安。

书页中被虫蛀的部分，是离开长安的天使留下的空洞以及种种遗憾。长安是浩大的，因为每一本书里都会出现千百个长安，每一个字、词、句，都在把长安扩展到无穷大。长安也是微小的，它藏在光线的每一根丝里，直到细微得看不见，被时光吸收。我从光线里阅读长安，像一个时空里的穿越者，在书做的纸上城邦里找到了那个虚构的世界。

目录

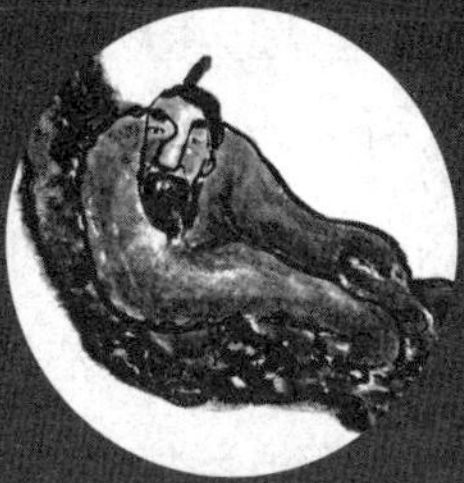

我从光线里阅读长安，

像一个时空里的穿越者。

长安的月亮

长安是公元八世纪世界上最大的城市，也是最繁华的城市，远胜当时的罗马，相当于现在的北京、纽约与巴黎的叠加。有人问，长安最有名和最值钱的东西是什么呢？当时无论是经过蔚蓝色的大海或是广阔的草原、茫茫的沙漠、荒凉的戈壁，乃至时见绿林与泉水的河西走廊去到长安的各国商人，都怀有一个梦想：如果在长安发了财，就一定要买到长安最有名和最值钱的东西带回去。

有一位名叫苏莱曼的阿拉伯商人从撒马尔罕带着驼队历尽千辛万苦来到长安。苏莱曼是宝石专家，而撒马尔罕也是红宝石、青金石、翡翠等各种宝石的贸易集散地。苏莱曼会在途中用一些宝石换长安需要的麝香、精美的器物等商品带过来。总之，苏莱曼的商业头脑很灵活。他又会将长安的丝绸、金银器皿、瓷器、茶叶等贩回阿拉伯。中国丝绸经他的手辗转卖到了西方拜占庭宫廷，成了抢手货。苏莱曼一趟又一趟往返于长安与撒马尔罕做生意。二十年后，苏莱曼成了拥有巨额财富的大商人，在长安也买了豪宅，交友甚广。渐渐地，苏莱曼感觉再也奔波不动了，他起了告老还乡之念。苏莱曼打算对长安作最后的告别，并想买一件长安最有名也最昂贵的东西带回去，献给亲爱的妻子。为此他专门在平康坊隆重设筵席请来长安好友，既是感谢他们长期以来对自己生意上给予的关照，也请他们推荐一下长安最有名和最昂贵的东西，以完成多年的心愿。

有人说："你可以从延寿坊买一件玉器。"有人说："你可以从宣阳坊买最好的丝绸。"有人说："你可以到崇仁坊买一件乐器。"有人说："你可以到安善坊买一匹宝马。"有人说："你可以到西市买一颗夜明珠。"有人说："你可以去东市买一只会说话的鹦鹉。"只有一个坐在苏莱曼旁边的老人没有吱声。苏莱曼恭恭敬敬地向老人敬酒并请教说："您久居长安，阅尽繁华，应该是深知这座城市的，我很想得到您的建议。"老人说："我们当年都是从不同的地方来到长安的，那时候我们可能都很贫寒，可我们也都有一个宝贝，那就是心中的抱负。无论是仕途还是经商的抱负，我们都是冲着它到了长安。你看，我们哪一个不是长安客呀！刚才各位所说的都对，玉器、丝绸、珠宝、良驹、珍禽，哪一样不是长安的好东西？我们到东市去看看，什么样的好东西没有？再去西市瞧瞧，世界上什么样的珍奇物品买不到呢？可依我看，若论长安最有名、最昂贵的东西，既不是在这些街市上能买得到的，也不是你们刚才提到的。那样东西比这些东西都有名，只是怕有再多的钱也买不到，但谁都可以带回故乡。"

说到这里，老人摸着花白的胡子笑眯眯地看着大家。众人也被他说的话所吸引，苏莱曼满怀期待地问道："您说的这件长安宝物是什么呢？”老人用手指了指窗外的夜空，大家见到那里有一轮明月。它是每个人的镜子，里面有山河、城市、房子、树影、草木、马匹、玉、金子、银器、铁、鸟、丝织品、家门、心情——有的人当场流下了泪水。苏莱曼对老人施礼说：“谢谢您，我一定会将它带回我的家乡。”

造梦师

在日本作家江户川乱步一篇遗失的小说里，提到过一种以梦为食的怪兽——食梦貘，小泉八云在《怪谈》里也一再提及。日本古谚里说：“夜之暂，貘尚不及食梦。”食梦貘虽是出现在百鬼夜行的江户时代，但追溯起来更早的时候就有其踪迹，这踪迹细查下去还要牵涉长安。

公元八世纪，世界上有两大名城，一是长安，一是罗马。西谚有云：“罗马不是一天建成的。”而长安是比罗马更伟大的东方城市，长安人说：“长安是出自造梦师之手。”繁华璀璨的大都会长安汇集着世界上各种职业的人，唯独没有造梦师。造梦师是在造出长安之前存在的，当功业已成，他就退隐了。而逐梦者则拥向了长安，无论白天黑夜，各种梦在长安泛滥，梦使人们的行为变得不可思议。有的人爬上房顶以为自己是一只妖猫；有人偷东西以为别人看不见；有人提着靴子见人就砸，说是打鬼；还有人对着皇城墙根撒尿，说那是他家厕所……总之梦之城里的人们怪诞，已经影响到了正常生活，很多人就像是梦游者，现行的规矩他们视而不见。这时候在长安的夜晚，当人们入梦时，开始出现了一种貌似野猪的怪物，只是那怪物的嘴尖而细长，像一根针，日本画师葛饰北斋画过的食梦貘为现代人熟知。

食梦貘能够深入人的头脑里吃梦。它扇动翅膀，在月光下飞到一户又一户人家的房顶，从窗户、门缝、屋瓦等各处的缝隙进入房间，正在睡梦中的人被怪物附身，如同被麻醉。他的梦便在不知不觉中成了怪物的食物，当然也有的梦会被怪物吐出来或压根儿就不吃，比如噩梦。只有美梦才是怪物最爱吃的美味（这跟日本食梦貘专食噩梦的口味正相反）。这也是后来人的美梦变得稀少的原因之一，而要在现实中实现美梦的人也就更少了。

那时有钱的人家唯恐夜半怪物找上门，把他的美梦吃了，财富也就会消失。做官的同样担忧，他们有的彻夜不眠，守着烛光不让怪物有可乘之机。这造成长安的东区和西区每天都有一批无精打采的人。后来长安衍生出专门到富贵人家做守夜人的职业，而且收入不菲。有了守夜人彻夜不眠地守着，主人就能放心安睡。可从此以后他们的梦却改变了，全是噩梦。但不管怎样，长安起码从表面看还是恢复了常态。街市上行为怪诞的人也很少见了。再后来那怪物也消失了，而在日本却有了食梦貘。

据江户川乱步推测，长安的吃梦怪物就是食梦貘的前身，它是造梦师豢养的宠物，也出自造梦师之手。

关于造梦师，由于他只是将自己精心构造的梦的城市与生物乃至种种奇观示人，几乎不曾露面，世人对他自然所知甚少。

有人说他是个不会死的慈祥老人，有人说他是个天真烂漫的孩子，总之造梦师就像一个难以猜测的谜，笼罩着看不透的神秘，或许他也是被梦造出来的，并且生活在梦里。

酿酒师

我从日本学者、画家平山郁夫写的《长安之梦》中读到，当年的长乐坊有个了不起的酿酒师叫赵三儿，他酿出的酒与别的酒最大的区别在于是带有情绪的。你一喝他酿的酒，情绪会随着不同的酒型而转变。他酿的酒有忧愁型的、狂欢型的、感伤型的、豁达型的、愉悦型的、相思型的、冥想型的、诗意型的、动情型的、幻想型的……凡此种种，不一而足，能满足长安酒客的各种需求。有的人喝了他的酒考中了探花；有的人喝了他的酒诗思如涌，名动长安；有的人喝了他的酒情场得意，交了桃花运。

有一天，来了一个愁容满面的客官，他将一袋金币放在桌上，指明要定制一款忘忧酒！并说，多少钱都行。赵三儿说：“客官，您放心好了，我酿的酒不会跟别家的酒一样越喝越忧愁，抽刀断水水更流。它保管你变得快活起来。”客官立即指出：“我要的不是用一种心情替代另一种心情的酒，我只要忘忧酒，明白吗？”赵三儿说：“懂了，我会把握好分寸的，您放心好了，客官。”约定好取酒的日子，客官留下钱走了。赵三儿开始酿酒，他在酿制忘忧酒的过程中和其他酒一样，都是取长乐坊当地一种宜于酿酒的水加糯米，然后用松枝燃火来煮，只是酒引子有点儿特别，他用了一种白色石头磨成的粉放入其中。石头，当然是特别的石头，人的心情跟石头的软硬有关，他暗室的贮藏柜内藏着各种不同颜色与软硬不一的石头，酿酒师赵三儿从这些石头里洞悉了人心的奥秘，他酿制的每款酒的秘籍也就在石头里。只是这个秘籍后来失传了，也有人说有个波斯人得到过一块酿酒的石头，当他带回波斯时，那块石头就不灵了，不过就是块普通的石头而已。也有个日本僧人得到过一卷《酒经》，其中记载了一种能酿酒的石头，僧人从长安漂洋过海带到了日本，可他在日本怎么也找不到那种石头。他曾托人到长安寻找也没找到，好像绝迹了。当然，这都是后话。

等日子到了，客官来取酒，赵三儿抱出那坛新酿的忘忧酒，像笑嘻嘻地抱出一个婴儿。为了验明酒效，客官按惯例先试饮了一杯。赵三儿看见客官脸上的愁容顿时减轻了许多，便问："怎么样？"客官咂咂嘴，眼放光，反问："你说什么来着？"赵三儿笑笑道："我是说这酒。"客官回过神儿来："哦，差点儿走神儿了。没错儿，你问的那个人离开了长安，那天我送他出了金光门。挺好的，离开长安，再没人烦他。他自由了，我的心也宽了。"赵三儿拍掌说："这就对了！"

酒肆夜话

贺三那天看见一个长着羊蹄的人，无意间暴露了出来，他当时见那人正跟一胡女跳胡旋舞。贺三以为自己醉了，眼发花。再细看时，他确信那人真的是有一只脚——或者两只脚是羊蹄，他为此还下意识看了一下自己的脚，还好，不是。但他不知道那有羊蹄的家伙不是人，是牧神，它从草原羊群里混到了长安，在平康坊跳胡旋舞。

必须说明的是，牧神的舞跳得极好，他也很开心，他笑起来的样子像个十足的胡人，没有谁质疑他的身份。只有贺三无意间察觉到他的破绽，也许是他太得意了，不小心让人看到了羊蹄。但显然贺三不会告发他，因为贺三确实醉了。他比牧神醉得还凶。贺三甚至走过来，拉着牧神，说："你的舞跳得太好了，像陀螺，旋转得飞快，我只看见一只蹄子立在地上，对不起，我当然知道你有两只，还藏起了另外两只。能不能告诉我，你是怎么做到的？我是说你在疾速旋转中怎么保持平衡的。"牧神说："贺先生，首先让我看下你的脚，我只有在看过之后，才能告诉你，你是否也能做到这件不算太难的事。"贺三亮出两只脚，还蹦了一下，又踮起脚尖，再恢复原状。牧神说："好的，我明白了。这是善于奔跑的脚，如果在平康坊和崇仁坊之间的横街上奔跑，我是说假如从春明门一路跑到金光门，或者从东市跑到西市，我会远远落在你的后头，也就是说这一辈子我也跑不过你，你有一副骏马的腿脚，这是毋庸置疑的。我敢说在整个长安都找不到第二个跑得过你的人。"贺三笑了，说："谢谢你的夸奖，我真的没试过在长安奔跑，如果有一天我在朱雀大街上奔跑，人们一定认为我是疯子，金吾卫肯定会把我抓起来。"牧神说："怎么会呢！奔跑不是一匹马的本能吗？难道人们的眼睛会排斥一匹奔跑的马吗？"贺三说："就算我是一匹马，也还是很愿意跟一头擅长胡旋舞的羊学跳舞。"牧神说："先生，你错了。女人都喜欢打扮得花枝招展，男人喜欢看，这不奇怪，因为美是爱的前提。你是看到了我的隐秘，可却忘了自己是一匹从宫苑里溜到平康坊饮酒作乐的马。我们都有一个爱好，就是对美女的迷恋，这并不等于说我们都是上帝的坏孩子。你也知道我从来不说上帝老人家的坏话，但是如果一匹马想找一头羊——一头顶棒顶棒的公羊，一头曾多次跟维纳斯幽会过的公羊学跳舞的话，上帝他老人家肯定是不答应的。你还是去打铁吧，那样可以发发汗，消散酒力。"贺三盯着他，一时糊涂了。

这时过来一位宫里的人说："二位翰林学士，宫里有诏，等你们去写诗呢！""噢，快快！"两个酒鬼立马屁颠儿屁颠儿跟人走了。门外停着皇冠轿车，宫人上车开动，两个醉鬼跟在后面怎么跑也跑不起来，各吃一嘴灰。

朱雀

白小米仍然记得那天黄昏，天边堆满了火烧云，通红的、炽黄的、镀金的、银灰色的，艳丽而恣肆，仿佛天上的神推着一个迷幻世界停在那里。这时，云堆里有一点儿火星，像痴狂的蝴蝶，又似飘忽的灰烬，朝长安飞了过来。

白小米逐渐看清那是一只慢慢变大的鸟，红色的，拖着一串火焰般长长的尾巴，飞到长安上空，像一架红色的飞机。是的，就像经常从城市屋顶上飞过的飞机，那只鸟飞得优美而缓慢，好像还清亮地尖叫了一声，它就这样吸引了白小米的注意。那时的白小米还是个顽劣而又时感无聊的孩子，他为那只鸟而痴狂起来，嘴里也发出清亮的尖叫。他手里举着一根柳枝朝上方挥舞，不是驱赶那只飞来的鸟，而是要尽力把自己的尖叫声向上方传送，似乎要让那只鸟接收到他由此而产生的亢奋与痴迷。白小米不由自主地跟着那只鸟跑了起来，一边跑，一边发出尖叫声。他抑制不住自己的脚步，仿佛身体随着奔跑也在飞。开始他还以为只有自己一个人这样，回头发现身后跟着一群孩子，孩子后面是大人。大伙儿都在跟着自己奔跑，自己又跟着那只鸟，一路上加入奔跑的人越来越多。有些人根本没有看到那只鸟，也不明白大伙儿为什么奔跑，只看见都在跑，也就加入进来，跟着跑，跟着尖叫，并为自己的疯狂而感动，甚至眼泪和鼻涕混合着灰尘淌得满脸都是。那一天，仿佛长安所有的人都加入了这次奇怪的奔跑，形成了一支汹涌浩荡的长长的队伍，壮观得很。当那只鸟飞进皇城，它红色的鸟头进入了更浓重的红里，它的翅膀和火焰般的尾巴都消失在皇城浓酽的红墙里。

白小米和那支奔跑的队伍随之停下来，是白小米第一个突然停下的，他觉得没有再跑的必要，皇城挡在面前。面对汹涌而至的人流，皇城守卫者如临大敌，他们摆开了阻挡的架势。白小米突然有一种虚无的茫然袭上心头，后面的人一个接一个，一伙儿跟一伙儿地停了下来。最后一个人问前面一个：“嘿，刚才跑得那么凶，跑什么呢？”前面一个人又以同样的问题往前问，一直把问题传给了白小米，他正茫然不知所措，只淡然回答说：“没啥。”于是人们把“没啥”两字次第往后传，传到最后一个的时候，人们都已各自散去。没有人知道，白小米手上居然握着一根那只鸟掉下的羽毛，它不是红色的，是蓝羽洒金。那条长安人跟着一只鸟疯狂奔跑过的路，被皇帝命名为朱雀大街。只是那只朱雀再也没有在长安上空飞过了，有人说它飞进皇城后变成了美丽的皇后，也有人说它被皇城的武士用弓箭射了下来，成了皇帝美味的晚餐。还有人说，那只鸟白天不再飞了，它只出现在晚上，当长安人睡觉的时候，它会飞出来。不过它的翅膀变成了阴影，并在人们的梦中发出尖叫，令人惊醒。

多年以后，住在翊善坊伺候皇帝的高力士经常到不远的寺庙上香礼佛，临走前总会留下一件锦袋装的宝物给寺庙。老住持每次打开锦袋都会面露惊喜，有一次老住持却无比失望，当高力士离开寺庙，老住持手拿着锦袋里的一节细细的黑色骨头，嘴里不无埋怨，觉得高力士戏弄了他。但老住持又不死心，仍像以往一样带着这件物什到西市古董店让掌柜掌眼。掌柜拿着那节黑骨左看右看，满脸震惊。他举了一下手，撑开五个手指头。老住持说：“五百钱？”掌柜的五指没有收拢，继续晃了晃，老住持：“五千钱？”掌柜点点头说：“以后还会涨到五万钱呢！”老住持惊得舌头都吐了出来，问：“是啥宝贝这么值钱呀？”掌柜说：“古鸟之骨，对，也许是一只神鸟的骨头。”老住持赶紧把神鸟之骨带回寺庙，将它供了起来。

照夜白

照夜白是关于一匹马的幻象，唐人除了最好的马“长安六骏”（又称“昭陵六骏”），就是照夜白了。它是马的极致，也是白的极致，在没有电器照明的时代，还有什么白，能比得上能把黑夜都照亮的白呢！它不是玉，不是雪，不是纸，不是烛，不是火，它是一匹马。

这样的马，是天下最为极致的宝马，当然它是属于皇帝的，可这是一匹不存在的马。你只有说到这个名字，想起它时，它才在那里。坊间传说了很久，有人说见过，有人说根本就是子虚乌有。还有的人认为，既然有“照夜白”这个名字，那叫这个名字的马就一定是存在的。只是寻常人看不见，或没有机会看见罢了，这并不等于没有。它肯定是养在长安皇宫里，吃的是玉明珠，卧的是白玉床，饮的是皑皑白雪化的水，珍贵得很，所以才属于皇帝，只有皇帝才养得起。这话，长安人是信的，不过，有一天，他们不约而同地向朝廷提出一个心愿：能不能请皇帝在上元节之夜骑着照夜白出来与民同乐，也让百姓开开眼，见识见识照夜白的模样。皇帝觉得这个请求也不过分，甚至合情合理。他也知道自己拥有这么一匹马，只是自己一直日理万机，拿不出时间去遛遛这匹马，也就是说，他只是听过照夜白，没有见过。他来到梨园，让高力士把照夜白牵来。高力士说："陛下，天还没黑呢。"皇帝说："怎么了？"高力士说："那匹马只有在天黑的时候才会显出形来，白天它就像隐身在白昼里，在面前也看不见。"皇帝说："这么说来，那可真是一匹稀罕的马呀！"皇帝耐着性子好不容易等到天色暗下来，他再一次说："把马牵来。"高力士说："陛下，天还不够黑，照夜白即使牵来了，也是若有若无的。"皇帝说："那就再等等吧！"宫里开始掌灯了，皇帝眼里高力士的脸都有些模糊了，他说："该把马牵来了吧？！"高力士说："陛下，天还没黑透呢！"终于，连高力士的五官也变得漆黑一团了——夜，降临了。高力士说："陛下，我去牵马来。"他突然发现，皇帝不见了，仿佛融入了夜晚的黑色中。

长安六宝

长安是公元六世纪汇聚了天下宝物的国际大都市，从皇宫到达官贵人的收藏，数不胜数。但在坊间人们津津乐道的主要宝物还是六件：一是龙皮扇，二是夜明杖，三是夜光枕，四是照妖镜，五是游仙枕，六是太真夫人的内衣。

龙皮扇为长安富豪王元宝所有，据说夏天夜宴宾客，将龙皮扇放到座前，洒上凉水，便有轻风吹来，顿时汗息，浑身便舒爽极了。比之当下的电风扇、空调有过之而无不及。

夜明杖顾名思义，它是一根夜晚会发光的宝杖，白昼时它是朱红色的，手指轻叩会发出声响。夜晚持杖而行，其散发的光芒可照十步内外，所有阴邪之物避之唯恐不及，此杖的主人为隐士郭休。据说郭隐士患有夜盲症，天一黑就什么也看不见。夜明杖对他毫无用处，但这并不意味着郭隐士没有拥有夜明杖的权利。

夜光枕与夜明杖几乎异曲同工，只是该枕只在室内发光，夜晚将它设于堂中，光照一室，无须以灯烛照明了。

至于照妖镜，又名照病镜，其实功能就是照病，病为体中妖。其不仅能发现病症，且经此一照，病症立即消除，在人体内藏身的妖怪灭于无形，它比现在的 X 光透视镜还厉害。夜光枕和照妖镜这两件宝物皆为虢国夫人所有。

而游仙枕是龟兹国进贡给皇帝的，它具有玛瑙的颜色，且温润如玉，看似朴素，但枕上它睡觉，仿佛旅游一般，不费吹灰之力，就可遍游十洲三岛、五湖四海，所有事物无一遗漏地全在梦中可以见到，皇帝亲自命名为游仙枕，并将其赏赐给了右相杨国忠。

长安人都知道皇宫里的太真夫人出香汗，汗液是胭脂色的，沾在衣上斑斑点点洇开如玫瑰花，皇帝李三郎恋物，将太真换下的每一件衣服都收起，专门贮藏在柜中。长安大盗冯明宽盗太真胭脂内衣一件，私卖于胡人，据说后来被安禄山高价收藏，如获至宝，每每私下嗅之，都会暗自发誓要打入长安，将太真夫人抢到手。

照镜记

一天，李靖起来照镜子，发现镜子里的自己是一朵荷花，他感到很讶异，就赶紧躲开，以为镜子里有一个妖物。回头一想，好在是一朵荷花，而不是别的狰狞吓人之物，也没有什么可怕的。他再看，荷花就是荷花，只不过是在镜子里，自己走开，镜子里的荷花也走开。

过去他能从镜子里看见自己，那张拥有一对凤目、五缕须髯的面孔，他喜欢自己的面孔，喜欢自己被人称为美髯公。此前，李靖每天起来要对着镜子仔细打理美髯之后才开始一天的生活，也就是说，李靖的生活是从须髯开始的，这当然离不开镜子。

当李靖从睡梦中醒来，首先要到镜子前看看，只有看到镜子里完整的自己，李靖才觉得自己真的醒来了，而没有留在梦里。他的手指触摸到须髯，镜子里的李靖动作准确无误，对此，他是满意的。如果起来不照镜子，李靖是恍惚的，好像人是飘着的，每一步都不真实，发出的声音也很虚，仿佛是在梦中还未醒来的感觉。只有照过镜子后，李靖才感觉自己的身体落了地。有时李靖也会糊涂，猜想自己是不是活在镜子里，这个想法一出，颇使他焦虑不安。怎样证实自己不是活在镜子里呢？李靖一度试图离开镜子，他住到没有镜子的房间，每天起来打坐、参禅，以此镜我两忘。坚持到第三天，李靖觉得生命变得空幻起来，不像活在真实的世界里，他感觉不到自己的凤目和美髯，甚至绣着一朵荷花的雪白的身体。如果没有这些，生命也就失去了依附，存在都是一场空。李靖跟别人相反，他从打坐中悟到的是色身对人生的重要性，而不是放弃，而唯一能证明色身存在的，只有镜子。

李靖毫不犹豫地回到那个房间，从镜子中再次与自己相逢。他发现里面完全是个陌生人，凤目爬满了眼屎，还有鱼尾纹，五绺美髯纠缠在一起，像一团乱麻。李靖对镜子里的人生出反感，甚至不忍看下去。李靖跑去沐浴，换上经过熏香的衣服，再过来照镜，才觉得镜子里的李靖与原来的李靖依稀仿佛。只是他发现有一个细节略有出入：他一向习惯用手指由上而下抚摩五绺须髯的，而镜子里的李靖却是由须髯中间往下抚摩，然后停顿在尾端细细抚弄、玩味。李靖流露出怀疑的神色，他用凤眼盯着镜中的李靖，隐约觉得对方面部抖动了一下。他皱起眉头，心中陡然察觉镜子里的人是一个对自己的模仿者。不能不说那个镜中的人曾经对自己模仿得很像，使李靖认为那就是自己，自己就是镜子中的李靖。现在李靖明白了，镜子里的是另一个人，他是在每天模仿自己，这至少是善意的，他肯定爱自己，否则不会如此不知疲倦地模仿一个不是自己的人。李靖不由得对镜子中的人产生一些莫名其妙的感激和愧疚。那么，我们起码还是可以成为密友的，比如遇到什么不便对外人说的事都可以对镜中的李靖说，这样也很好。认识到这一点，李靖觉得自己更离不开镜子了，他对镜子里的李靖比以前更加依赖了。

可是，当这一天他发现镜子中的李靖变成了一朵荷花，他整个人几乎崩溃。尽管这是一朵荷花，完全无辜，但它替代了李靖，它不是李靖，它改写了李靖，李靖怎么会是植物呢？这从人类学、社会学、物种学、遗传学乃至物理学的意义上是说不通的。

李靖忽然生出一股恼怒和冲动，他从壁上取下久未用过的宝剑，挥剑闯进镜子中，要把那朵荷花斫去。李靖一脚踏进去，发现里面根本没有荷花，他回头看见镜子外一个蓬头垢面、胡子拉碴的汉子正在皱着眉头盯着他，一副茫然无措的表情。

时钟之秘

一天，传教士利马窦忽然产生了把他亲手制作的自鸣钟送给唐玄宗的想法，当时他正北上进京受阻，不得已被困在南昌。他想，如果他要去长安，唐玄宗肯定不会阻拦他，甚至还会欢迎，但要按当时的做法，唐玄宗若接见他，他该送上什么作为礼物呢？世界地图（《万国图志》）——作为一个已有这种格局的帝王，显然无此必要。地球仪——圆形，关键在于圆形物。玻璃镜子——里面藏着的空间比铜镜更深邃，可以呈现另一个长安。十字架——上面镶嵌着无价的宝石，它象征着信仰。西琴——一架十六世纪意大利制琴师精心制作的小型古钢琴，它发出的声音是蓝色的，有冰激凌的味道。

利马窦在决定送自鸣钟之前在二者之间有过犹豫，还有记忆术、几何与日晷。最后他还是决定送自鸣钟，因为皇帝是最没有时间概念而又时时都在影响他人时间的人，也由于宫殿的稳定性和面对太多恒定不变的事物（比如金子、珠宝、年轻的妃子、龙椅、不被时光留下痕迹的丝绸与纸张、追求长生的丹药和经书），这是利马窦向东方的帝王送上一台自鸣钟的理由。但是问题不在于自鸣钟，也不在于长安与南昌，物体的、空间的，看来都不是什么问题——关键是时间，明代与唐朝隔着八百多年，这是无法穿越的。利马窦即使相信有时间的虫洞存在，也只能是在那台时钟里。

也许很多很多年以后，通过逆时针旋转的那只时钟，人们可以返回明代的南昌，并在现今耶稣堂巷一带找到利马窦，再逆时针旋转到唐天宝年间，把他送到长安。那台自鸣钟里有一个影子在疾驰。

陛下，请

一个赤裸男子，微胖且精心保养的身体，从雾气蒸腾的浴池里缓慢起身，在白雾里移动过来。他的身体随即被左右伸过来的两双手小心翼翼地搀扶住，另一双手将一件质地柔软轻便的明黄色内袍披到这个身体上。一件件衣袍像是在精心包装礼物一样，包装着男子的身体。

他面无表情，任凭那些熟练细致的手在他身体的各个部位用丝绸织品和华贵的饰物摆弄、装点。他微闭着眼，既像在享受，又像在忍受，但显出足够好的耐心和涵养风度，或许这已是长期养成的习惯。因为他必须如此，仿佛在后台化妆的戏子，那个行当是他熟悉的业余喜好，当然不包括他所有的业余生活。相对于再高贵的职业，业余也是美好的。当一顶精美且无比高贵的帽子被双手安放在男子的头颅上，那些刚才还尽力尽责专业忙碌的手不见了，仿佛化为一个个恭恭敬敬弯腰躬垂下来的机械般的身体。

“陛下，请。”一个苍老的声音引开了道路，那是一条同样用精美织物铺就的通向宫殿的路。

皮肉、骨头、须发、五官、四肢，是人与生俱来的。有的用粗糙破烂的、来历不明的布料包裹，满身都是丑陋的补丁和破洞，杂乱的线条扭到一起，如同废品或弃物，呈抛物线下坠。因为被抛弃，在弃物的路途中，有的会失控，产生不安全感，最终死亡，还有在死亡未到达前的黑暗。黑色的路和黑混到一起，周围都是喧哗与噪声。陛下一身冷汗，他未曾料到会做这样一个奇异的梦，如同一种轮回，他金色的宫殿只有睁开眼时才存在，而太监的声音慢慢把他驯养为宠物。声音、章法、礼仪、专属的颜色、繁复与奢华的包装，仿佛是囚禁陛下的枷锁。太监，那个与他寸步不离，即便与妃子行房也监视着的阉物，好像才是陛下的主人。

陛下始终都在被太监牵着走。这样的道路与人生要通向哪里？而在此之前，太子的生活也并不快乐，他只是在被训练，有朝一日接受太监的呼唤和阴谋的包围。太子的成长，是看着自己在礼仪中进入那包围圈的。女人的包围，也是军事包围。臣子的包围，是阴险与狡诈的包围。宫殿的包围，使他在坐上皇位的那一刻拥有长安的同时也失去了长安。那一刻，他矫情地意识到自己已成为一个被高贵属性包装的天下最不幸的男子。

“陛下，请。”

多年以后，宫里又迎来了一批年轻佳丽，可皇帝还是那个皇帝，只是又老了一些，而每当他变老一些，就会更换一批更年轻美丽的宫女。她们从上一辈宫女口中得知，皇帝曾经英明神武，他最大的爱好除了美色，就是音乐和歌舞。皇帝本人可谓是业余中的专业人士，他不仅擅长琵琶、羯鼓等多种乐器，更喜欢扮演丑角，亲自下场表演，连最严肃正经的大臣也忍俊不禁。

皇帝一手在宫里成立了乐坊，并专门将皇宫后院的梨园辟为乐坊排演之地。人们索性就将宫廷乐坊叫梨园。皇帝上班时总不忘见缝插针跑到梨园去看排练，或随时做指导。他是梨园主人，也是真正的乐坊坊主。他将乐坊内部划为三类，或曰三部。一是大乐类，即颂部，由对皇帝的颂仰歌舞为主的伶人组成，主要在宫殿大型活动中出演，以歌功颂德为所擅。二是中乐类，即娱部，主要负责宫廷酒宴娱乐。三是轻乐类，即艺部，倡导独创与天才。分属三部的乐人，各有等级，以颂部为高。颂部的领班乐人拿官员俸禄，除了自己在整个大乐里要排练并完成表演，还要领受圣意，琢磨如何创作并推出主题明确的大乐类演出。这类大型舞乐表演最为繁复盛大，多半就在殿前广场上举行。有的曲目主演、配演，加上群演多达千人，其调度、指挥如同一支军队，一场演出下来，现场声势浩大，人却劳筋伤骨，心力交瘁。虽然目的是铺陈太平盛世、彰显皇威、颂扬圣明，却也产生了《破阵乐》这样的经典，还推出了《感皇恩》《贺圣朝》《同心乐》《奉圣乐》《千秋乐》《恋皇恩》等一系列保留节目。皇帝自然对颂部的表现是满意的，常有嘉奖与赏赐。颂部的人也多得恩宠。可皇帝更喜欢的则是娱部。他和贵妃亲自编排的《霓裳羽衣曲》，由贵妃下场翩翩领舞，皇帝弹奏，一百位丽人伴舞，服饰极尽华美，乐曲妙若天籁，这就是由娱部在宫廷内演出的。据说颂部领班曾经极力争取由他们来演出，老郎君（人们背后对皇帝的称呼）只说了一句："这个你们演不了。"站在一旁的娱部领班李龟年隐约听出了皇帝内心对颂部的鄙夷。他知道颂部领班是《感皇恩》《恋皇恩》的词曲原作者，乐坊的人私下都叫他"恩恩"，恩恩是从中得到了大好处的。但老郎君是内行人，心知肚明这种唱颂歌的人都是投机阿谀之人。人格卑贱，毫无节操可言。换谁当皇帝，他都会极力颂扬。老郎君对这种人既需要又厌恶。至于艺部则是老郎君的心头肉。他热爱天才，热爱有独创能力的艺术家，可他也只能养着他们，不能给他们地位和俸禄，只是把他们当作切磋艺术的朋友。老郎君会从他们身上汲取灵感和创造力，他甚至能宽容这些天才的不讨喜个性与怪癖。

或许正因为有老郎君这样貌似开明的皇帝，才有了牡丹般绽放的长安和瑰丽的长安时代。可是牡丹会谢，皇帝会老，长安会碎，一切都是时间的展开与折叠。风中的宫女，几度春秋之后，就会从梦中醒来。而一度的颂诗与圣乐，也仅是绵长的来自苍穹的挽歌前奏。

琵琶记

长安琵琶手童大宽，坊间称铁手铜琶，他弹的是一把铜琵琶，重如沉鼎，常人搬都搬不动。琵琶的丝弦也是由铜丝制作的，每弹起，声震屋瓦，乐音可传遍几条街，人们会驻足倾听，当然，也只有站在远处听效果才最好。童大宽弹出的乐音能使十里开外的人精神振奋，仿佛一下能跟骏马赛跑，产生一日千里的欲望。也能使病弱者像注入元气一般，立马下床活蹦乱跳起来，要去平康坊喝酒，找胡姬来一段胡旋舞。皇帝在兴庆宫听到远处传来的乐音，也必然心情亢奋，对身边的妃子说："大宽的铜琵琶不是虚传的，真的有洪荒之力。"皇帝之言，确是老行家的话。

一天，童大宽在自家花园里弹奏铜琵琶，四下无人，只有繁花满园，开得炽烈狂艳。童大宽一时兴起，铁手狂弹，曲调激昂，色彩斑斓，落英缤纷，园子的各色花朵纷纷从枝头跳下，落地那一刻都变成了美女。童大宽的铁手再从铜琵琶上扫过，众芳飞逝如同灰烬。数天后，有一个名叫练小易的女子上门，说是要向童师傅讨教。童大宽说没时间，拒绝了。次日童大宽出门，迎面就碰上了练小易。练小易施礼称要讨教，童大宽见她娇弱的样子，说：“你要拿什么来向我讨教呢？”练小易说：“童师傅用的是什么，小易自然也用什么。”童大宽把一只手举到练小易面前，那只手并不像传说的那样乌黑似铁，反而像只妇人的手，白皙、嫩红。“知道这是什么吗？”练小易说：“铁手。”童大宽说：“知道你还来？”练小易说：“若这只手普普通通的，我也就不会来了。”童大宽说：“好，进来吧！”说罢便把练小易领进门。两人来到童大宽花园中的琵琶亭坐定，那把名扬长安的铜琵琶放在亭中。童大宽戴上一双乌黑似铁的手套，他的手大了一倍。童大宽拿起琵琶，说：“你的琵琶呢？”练小易低眉敛目，袖子抖了抖，从里面取出一把绸质的琵琶。童大宽睁大好奇的眼睛，问：“这是什么琵琶？”练小易说：“丝绸琵琶。”童大宽还是讶异，问：“弦也是丝的？这怎么可能？”练小易不答，只微微一笑，仿佛一切都在一笑里面。童大宽说：“明白了。”两人静下来，调匀呼吸，由静而定。练小易作为讨教者，先向童大宽低首以示敬意，向他表示：“请了。”童大宽目视前方，他的眼光穿过了房子、院门、坊间、街道、人群、城墙、山峦……是的，他的眼里只有一座山，他要以拔山之力弹响铜琶，铁马突奔，风雷激荡。出乎意料的是，山没有动，树没有动，叶没有动，花没有动。只有一个音被一根丝线缚住，在丝绸琵琶上轻滑着，像一只水面的细蚊，水下游动的一条小鱼，尽管自在、悠闲，却随时可能跃起把蚊子吸食下去。

自从练小易向童大宽讨教以后，长安城里再也听不到铁手铜琶之音了。有人说琵琶手童大宽将那把铜琶熔铸成了一只铜钵，他持钵出家了。也有人说，他迷上了一根丝，整日扯在手上看，对着阳光看，对着月亮看，对着烛光看……他渐渐忘了自己是谁。

雪衣娘

雪衣娘是长安皇宫女主人的一只鸟，雪衣娘在变成鸟之前是一个女人——一个比女主人杨妃还美的女人。但是美并没有给她带来幸运，而是一个又一个被迫害与被侮辱的陷阱。那些陷阱好像就是专门为她这样的女人设置的，直到她遇到了一个能搭救她脱离陷阱的美丽女人。不过，这个女人对雪衣娘说："你必须答应我你不再做人了。"雪衣娘说："不做人，那我活着还有什么意义？"女人回答："我是皇帝的女人，你知道的，皇帝喜欢美丽的女人，可你比我还美，我怎么敢把你收留在身边？你如果变为一只鸟，是的，一只美丽的鸟，我就可以把你带进宫，让你不落入陷阱受人欺侮，并且你可以活得很好，我会待你如同朋友。"

雪衣娘明白这是她唯一的出路。只是她变成一只鸟初进宫时虽得到杨妃的呵护，仍心有余悸。杨妃走到哪儿都带着她，杨妃跟皇帝下棋时也让她在鸟架上看着，那架子是金子做的，她并不感兴趣。雪衣娘感兴趣的是那棋，她甚至熟悉了杨妃与皇帝的棋路。有一次雪衣娘见杨妃出错了棋，她飞下去，扰乱了棋局。杨妃吓了一跳，皇帝却笑得很开心，说这只鸟护主，忠义。

一次，皇帝接见了一位满脸横肉的将军，为了表示对他的重视，喜欢棋艺的皇帝邀将军跟他对弈。谁知将军精通此道，摆开棋局一步步下过来，毫不留情，杀得皇帝手忙脚乱，左支右绌，危在旦夕。这时观战的杨妃将拥在怀中的雪衣娘松开，雪衣娘飞到棋盘上，棋局大乱，一下将陷于败局的皇帝救了出来，让皇帝保住了面子。皇帝开心地大笑起来，比赢了棋还高兴。将军赞道："真是一只有灵性的鸟！"皇帝颇为得意。将军趁机提出："请陛下将此鸟赐给在下吧！"皇帝先是一愣，继而点点头说："好，就遂你所求。"

杨妃还没反应过来，就听雪衣娘惊叫一声："不！"随着这声惊叫，急得现出了人形——那是一个美若天仙的女人。皇帝后宫美女万千，可他从来也没有见到过这么美的人。这时传来杨妃发狂的声音，她一边挥着袖子指着雪衣娘大喊："女妖！"一边呼叫武士快来杀妖，保护陛下！宫廷武士闻讯赶来，当他们将一把把刀剑逼近雪衣娘，那些刀剑都在美的光芒照射下逐一黯淡。没有人看到血，但雪衣娘消失在了红色的宫墙里，像很久以前长安上空飞过的一只朱雀——也没有人知道她的结局。可坊间传闻宫里有过闹妖之事，后来也有人问过那位将军，将军说："哪来什么妖啊，不就是落到笼子里的一只鸟吗！有啥大惊小怪的。"

孔雀是色情的

据说孔雀是色情的，但于我，这仅仅是个传说。一天，我走在金融大街上，头顶飞过来一只孔雀，开始我以为是别的什么鸟，但它显然过大，超过了金融大街飞过的所有鸟，所以它应该是金融大街飞过的所有鸟之外的一种鸟，它像一件从高楼上飘下来的艳丽衣裳，不，如果是衣裳也过于奢侈了——我真的还没有见过会飞的孔雀，它当然不是衣裳——我只看过笼子里的孔雀，在动物园里。但这只孔雀向我炫耀了飞翔的翅膀，我原来以为它只会静静地在公园里开屏。据说开屏的美丽孔雀都是雄性的，它只向穿花衣裳的女人开屏，好像带着挑逗和色情。

据说长安兴庆宫也养了大批孔雀，它们都是雌性的，只向老郎君开屏。它们用舞姿展现孔雀的羽衣霓裳，当然，不仅是霓裳（据说编织的那种霓裳里就有多种珍禽的羽毛，包括孔雀的），此外还有藏在羽毛内部的无法言喻的色情。老郎君觉得属于自己的末日还远着呢，世界尚大有可为（其实末日对他而言，正在逼近，他只是假装没有觉察）。

一天，他最喜欢的一只孔雀没有开屏，老郎君以为它病了。

老郎君充满怜惜，说你不开就不开吧。谁知孔雀一听非常高兴，又叫又跳，哪里像有病呢！老郎君不开心了，他叫人把那只孔雀关进笼子里去。没过几天，那只孔雀死了，它当然是兴庆宫最美丽的一只孔雀。老郎君伤心欲绝，他守着死去的孔雀，准确地说是守着那只孔雀笼子，一天一夜没吃没睡，太医对此十分担忧，可又束手无策。他甚至想请老郎君的众多子女来劝劝他，保健医生没有想到老郎君做了一个奇怪而又令人吃惊的决定。他让人将那只美丽的孔雀的羽毛一根根拔下来。“记住！”他强调，“是每一根。”然后再让厨师将那只孔雀煮给他吃了，紧接着，他再让太医把所有的孔雀羽毛插在他身上，注意！不是装饰性地插在他的衣服上，而是插进他的肉里。手术是复杂而痛苦的，时间也漫长。可手术空前成功，效果好得出人意料。

老郎君全身插满孔雀羽毛后完全像换了一个人，他开始练习舞蹈，练习的过程中也不忘顾影自怜。他让兴庆宫的那群孔雀都停下来，都不要向他开屏了，他让那些孔雀环坐在他的周围，像老郎君此前观赏它们一样看他——一个老郎君的孔雀开屏。他的表现自然赢得了孔雀们的喝彩和赞美，这使老郎君又做出了一个大胆的决定——打开兴庆宫的大门，让长安人都来看他的孔雀开屏表演。布告立马贴满了长安城的108坊，每张海报都印上了兴庆宫绚丽的舞台，以及那只孔雀开屏的彩色影像，并醒目地注明了那只孔雀的名字、至高无上的职位和年龄。

面影

时间不会放过谁，老郎君觉得他纵然从长安逃到了蜀中。又作为太上皇回到长安，那些过往皆如幻影，包括贵妃。这时他才觉得那香艳的肉身、翩跹的霓裳与舞乐都是假的，在时间面前，一触即溃。

尽管他还苟活于世，宫殿又盖了新的，也不过是又一重幻影，时间会把它击穿。老郎君越发感慨和忧伤，尽管时间在他身上过了七十七年——他由天真孩童满月般的面容，转为被武学与诗书浸淫的英俊少年临淄王，而大明宫的阴谋与杀戮很快使二十五岁的他脱颖而出成为太子，那时他的脸上充满了对最高权力的憧憬，眼神里偶尔闪过一丝不易察觉的忧郁。两年之后，他登上皇位，诛杀了一手将他扶上太子之位并怀有当第二位女皇雄心的太平公主——他的亲姑母，这位公主和她的母亲武曌一样，老郎君觉得她们都是雌雄同体的动物。当他洗净沾满血迹的手处理国事时，他是一位奋发有为的英明与睿智的君主，最终开创了盛极一时的“开元盛世”。

长安就像硕大的牡丹，丰美、绚丽而艳乍，以国色天香之姿倾倒众生，令万国来朝。他的面孔神采飞扬，带着仿佛与生俱来的笃定和自信，这是一张伟大君王的脸，上天曾经赋予了他玉树临风的丰姿，那时长安上下几乎所有的女子都暗恋着他，少女们都梦想成为他的妃子。而他压抑已久的欲望与天赋——对音乐歌舞艺术与美色的热爱也渐渐抬头。随着年岁渐长，陪侍皇帝左右的人可以从他脸上看出日理万机的疲惫与厌倦。“也许我需要放自己一马，因为时间是无情的。”他对自己说。这时候他找到了他追求了一生的长安与宫殿——杨玉环，当他陷入她怀抱中的时候，他为之热泪盈眶，一次次在歌舞中对上苍深怀感激。老郎君的面孔一度红润，只有缕缕白发印证着时间的残酷和对他的牢牢裹挟。他从精致铜镜中看到一张苍老的面影正在朝自己的脸部袭来。而那些过往的面孔正如落花飞逝。他不知道哪一张是真的，哪一张才是自己。

或许一切都是幻影，唯有时间在度你，它谁也不会放过，它像洪流，里面疾速旋转与飘逝着多少面影。每一个男人都想做唐玄宗，可上苍选中了他，不知道这是有幸还是不幸。

幻术师

幻术师在长安是一个很流行的职业，分高、中、低三档，低档出现在热闹的市井，中档在富贵人家出没，高档的受聘于上层王公贵族府第。

当时，岐王李范府上便有一位长安出名的幻术师，他名叫王林，刚巧跟若干年后他的一个同行同名。不过，长安王林自号无悟子，他的绝技是无中生有，诸如常在王公贵族筵席上屡试不爽的空中来酒、隔空接物。变蛇和大变活人更是他的拿手绝活儿，他不仅可以把一个多年不见的异地朋友突然变在你面前，还能够把一个你心里正在想的美女突然变到你眼前。岐王李范府的幻术师表演当时的皇上也有耳闻，有一天他传话给皇弟——也就是岐王李范，说想驾临他的王府看一看幻术师表演。岐王做了充分的准备，他的准备主要放在布置好迎接皇兄的场面上。比如他在皇兄将要步下车辇的王府门口铺上了名贵的波斯地毯，在走廊两边的竹林中挂上了一片片玉叶，具有装饰作用，且风吹过时，玉叶相碰还会发出悦耳的叮当声——这是爱好艺术的岐王李范颇费了一番功夫别出心裁的设计，甚至在竹林悬挂每片玉叶时他亲力亲为，把它当作了一个大型装置艺术品来完成。皇帝李隆基驾临王府，对皇弟的精心安排，尤其是对那条玉叶叮当的走廊流露出欣赏之情，还有意放慢脚步，边走边询问皇弟的创意是怎么想出来的。李范只是笑，说：“我想在风和竹子之间有一个过渡，那么美的风吹竹林的意境里应该允许插入一个承续的优雅过程。”皇帝赞道：“妙想，妙构！”可皇帝来王府的目的是在幻术师无悟子的表演上。李范对无悟子的幻术是充满信心的，他把皇兄迎到观看表演的花厅时，幻术师早已诚惶诚恐地在那里恭候着。皇帝刚落座，就有四个贴身侍卫，在花厅四周站定。李范示意幻术师开始，而幻术师无悟子见到皇帝的架势和气场后越发紧张，他想先表演一个空中来酒，这一般是热场的节目。李范说：“先来个绝的，变个佳人吧！”说着李范看看皇兄，见皇兄微笑不语，便朝无悟子点点头。

幻术师只好把酒杯放回去，换过一块红罗布。他朝空中抖一抖，示意那仅仅是一块布，薄的，软的，可以飘动和飞扬。轻，它具备一块布的品质，它甚至不是丝绢或绸缎。好，他将其抖开，像块幕布一样用双手举在身体的右侧。看好了，他有意识地再抖动一下，等到那块布上抖动的每个局部都平静如水，布的后面就有动感的点状从布上一点一点地映出来。先是布上出现局部的皱褶、凹凸，有一只手在布里面动作，再是下方的布里也有动作，那是脚，渐渐是身子在布里面动，众人好奇的目光都集中在那块布上，那似乎是一个藏在布里的美女呼之欲出。岐王李范心里好奇，满怀期待布里会变出皇兄的哪一位国色天香的爱妃。

幻术师把布缓缓揭开，果然是一位衣饰华丽的妃子，皇帝脸上的笑意也在加浓，可当那位妃子转过身来，皇帝脸上的表情僵住了。这哪里是他心爱的美貌妃子，分明是个涂脂抹粉的丑女。岐王李范蹭地蹿起身，恼羞成怒，手像剑一样指着幻术师：“你！”幻术师无悟子腿一软，跪在地上。皇帝干咳两声，若无其事地说：“没什么，没什么。”只有无悟子内心知道他碰上高人了，他的能量完全被来自花厅四个角的无形力量所压制。

骑士

兴庆宫是长安的极乐之地，在长安人心目中它只是一个幻象和催眠器，它美化了一个国家主宰者随着晚年到来的颓废与失败——兴庆宫的主人李隆基反复以大型歌舞与狂欢盛宴的形式催眠了别人，也催眠了自己。

一次，卢仝在催眠的状态下骑马从兴庆宫经过，在正常状态下，他是不可能骑马从这里经过的，何况皇帝还在里面（皇帝在帘子内坐着指导排演繁缛富丽的大型马舞），文武百官谁有胆子敢在皇帝面前不下马呢？卢仝没有觉察，他仿佛觉得那些乐舞只是一个华丽的虚构。他骑着马，缓慢地走过去，觉得自己和马像一道缥缈的影子，阳光下的一片树叶和蜻蜓都可能投下这样的影子，它留不下痕迹，也对事物构不成伤害，总之无伤大雅。可是卢仝万万没有想到皇帝在帘子背后看见他了，但皇帝只是用一种艺术家的审美眼光观察着他，并没有为卢仝轻慢的过失而恼怒，反而觉得那个骑马的将军风度翩翩，有一种独特的美感。他问："那是谁呀？"旁边的人回答："是一位将军。"李隆基考虑的是他创作排练的大型乐舞《破阵子》里正缺一位威风凛凛的领舞骑士。他说："巧了，这位将军就是上天安排到舞阵里来的领舞者啊！”旁边的人说：“可是，陛下……”李隆基不容置疑地说：“在我的眼里他更是一个好演员。”《破阵子》是李隆基极尽匠心创作的宫廷乐舞，其表演大胆而富有创意，也有极高的难度——它需要四百多位骑士组成的马队出场，每一匹马在大力士所扛举的一块木板上做高难度动作表演。那些马是经过特别严格训练的，对音乐有着特殊的敏感，被外界称为妖马或马妖——指其舞步和动作在音乐作用下仿佛着魔，极其妖娆。而头马最为关键，它需要一位出色骑士的引领。李隆基还别出心裁地为领舞骑士盔甲的双肩上设计了一对虎头铃铛，在表演的动作中骑士的铃铛会发出激越的声响。卢仝得知那次骑马经过兴庆宫时被皇帝看见了，还以为自己冒犯了皇帝老人家的尊严，便主动上书提出了离开京城去外地做一个小官的请求。李隆基没有挽留，他只是轻轻叹息一声，说：“看来他是不愿做主角！”并不无遗憾地流露出惋惜之情——可惜了他身上具有的美妙风度呀！后来皇帝挑了另一个骑士来表演，且达到了预期中的舞台效果，皇帝还破格提拔他做了将军。

可是在随之而来的大唐与安禄山发生的战事中，这位领舞的将军在战场上如同一个纸人，在两军交锋中仿佛睡着了，竟像是一只拴在马上飘飞的纸鸢，那副皇帝所赐的金色盔甲掩饰不住他的脆弱与苍白。在滚滚的烟尘与风的呼啸中，那对虎头铜铃发出一串接一串凄厉的声音，把李隆基从癫狂的梦中惊醒。

乐手

崔晚是活在宫廷乐师李龟年梦里的一位青年才俊，李龟年一度深得皇帝李隆基的赏识，他很想把崔晚引见给这位对音乐造诣极深的陛下。

一天，李龟年演出完毕，当李隆基又一次对他大加赞赏时，李龟年真诚地说："陛下，有一个人的才华高过我十倍还不止，我跟他相比就像黄鹂与秋虫。"李隆基自然大感兴趣："哦，听你这么说，我很想见识一下此人的才华。"这天晚上李龟年在梦里见到崔晚时表达了皇帝想见他的意思，同时又为他们如何见面而犯难。崔晚却轻轻松松地说："这有何难！"李龟年说："怎么不难？你是个活在梦里的人，我怎么把你带到梦外去见陛下呢？"崔晚说："好办。就看你的陛下是真的想见我还是假的想见我。"李龟年说："我敢以名誉担保，绝对是真的。"崔晚说："那好，你再见到皇帝时，请将我的相貌服饰告诉他，并让他当你的面复述一遍，要他在睡觉时心里默念我的名字，他就可以见到我了。"李龟年次日进宫，将崔晚交代的话原封不动转述给了李隆基。

当晚李隆基果然在梦里见到一个风神俊朗的年轻人，他总觉得似曾相识。当对方报出名字时，他不假思索地否认道："你不叫崔晚，可是我又记不起你的名字，但我认识你，我们曾经很熟，可我怎么就记不起来呢？"崔晚说："陛下，我是第一次见到您，如果不是我师父李龟年的引见，可能一辈子也没有这种荣幸。"李隆基说："我应该是在认识李龟年之前就认识你了。可是我忘了你的名字，你是谁呢？"崔晚说："正如你所知的，我仅是一个在长安默默无闻的乐手，除了师父，没有人听过我的音乐。"李隆基说："可是你师父李龟年说你的音乐才华比他强十倍还不止，他可是我大唐的音乐国手啊！"崔晚说："我的师父是谦卑的，这正证明了他的伟大。"李隆基说："是的，所以我很想听一听你的音乐。"

接下来崔晚专门为他表演了《夜半乐》《望梅花》《柘枝引》《绿腰》《薄媚》数曲，李隆基听罢大赞："妙不可言！"醒来，他从铜镜中看见一张熟悉的脸，他不敢置信，摸着脸上的皱纹，不无惆怅地自语："崔晚呀崔晚，你是当年的我吗？那李龟年是谁，难道他也是活在我梦里的人吗？"

妖烛

师父李龟年给崔晚在长安引见的第一个人是岐王李范，他有着高贵的身份，却与其皇兄一样，具有很高的艺术修养，善待才艺之士，不论贵贱，都乐于与之交往。师父李龟年几乎是王府雅聚的常客。坐落在尚善坊的岐王府繁复而华丽，令崔晚颇觉惊艳。在这里他见到了不少闻名已久的长安名流，诸如此前就听师父多次提起的剑术师公孙，琵琶手康昆仑、雷海青，诗家杜子美，画师吴道子，草圣张颠，日本遣唐史、秘书监（秘书监是古代设置的专掌国家藏书与编校工作的机构和官名）晁衡等。他们都比崔晚想象的要年轻，好像他们身上没有岁月的痕迹或者时间在他们最好的年华停顿在他们身上，使他们的风神气韵与繁华的长安，尤其是岐王宅第的景象颇为贴切，他们很自然地能在岐王的豪宅里找到自己的位置。

岐王宅是浩大而繁复的，从外表看就是一座并非特别的豪宅，在皇亲国戚贵胄如云的长安，这样的宅子不计其数。但岐王宅院内部的结构却曲折回环，院中套院，宅中有宅，空间内部不断可以打开新的空间，仿佛每个房间、院子，都是由无数空间折叠而成的，每个空间由一位长安一流的幻术师掌控着它的光影、季候、景致，而由一个空间到另一个空间的密码是一句诗、一首曲子、一幅画、一行书法、一枝竹、一块石、一片景，等等，奇妙无比，又处处惊艳。

崔晚久在江南，对长安常怀神往，当他进入岐王的宅第，才感觉到进入了真正的长安，才领略到它的繁华之胜，而且这繁华不仅在于长安的气派建筑，更在于那些璀璨的名人之胜，足以让人沉醉。长安对各色名流是厚待的，崔晚也知道师父等人都已在东都洛阳购置了不差于王府的奢华宅第，这是使崔晚为之欢喜的。可见长安是张开怀抱拥抱他们的，也同样会拥抱自己。岐王府内的竹林里隐约悬挂着碎玉片子，每夜听到玉片子相触之声即知有风。风的声音里藏着天籁之音，人说那是因为精灵喜爱这里，才用玉奏出的乐声。那些精灵，一般人看不到，只有岐王才能看见。也就是说精灵本身就有或隐或显的变幻本领，他不愿被人看见，即使在你眼前，你也看不到。

一次，岐王陪皇帝来这里散步，他希望皇兄能在竹林里遇见美妙的精灵，可精灵明明在这里，就是不现身。岐王府中还有一种奇特的烛，不是蜡制的，却有蜡的细腻，看似玉脂，又有着一定的硬度，不知是什么材质做出来的。这种烛每至夜宴，岐王便令人点燃，嘉宾与美妓间坐，当宾主都饮上劲与美妓做出狂态来，烛光仿佛知人意般变得半明半暗，令人尽欢，过后又亮起来。人们都觉得惊奇，便叫妖烛。这妖烛对长安名流却具有非凡的吸引力，莫不以亲身领略为一桩值得向人炫耀的得意之事。

长安在崔晚的眼里就是无处不透着惊奇绝艳的万花筒，它在每日的旋转中变幻缤纷的色彩与光影，他唯一担心的就是害怕它的繁华有可能突然消失。崔晚偶尔会奇怪地意识到，长安的一切如同幻觉，有时几只鸟或一匹马就能保住一座垂柳掩映下白色石桥的存在。鸟飞了，马走了，垂柳和石桥也不见了。而桥边的台阶一直延伸到水里，像浸在水下的废墟，小鱼在每层台阶上蹿下跳，仿佛一群精灵。一个影子出现，小鱼惊散，水面上只剩一张脸在晃动，鼻子嘴巴都是歪的，慢慢清晰稳定下来，水中的台阶消失了。这种景象似乎只有博尔赫斯在《特隆、乌克巴尔、奥比斯·特蒂乌斯》中提到过。是的，长安是一座在妖烛照耀下的城市，既美艳又神秘。

闯入者

乐手崔晚是个英俊的年轻人，面孔像是白玉琢成，温润而细致。在宫廷乐舞的乐人中他不是最突出的一个，而仅仅是一个初来的“闯入者”，当然，这得益于师父李龟年的引荐。

若干年后，他仍对第一次参与宫廷乐舞记忆犹新。那是在勤政楼，那一晚宫廷的璀璨灯火在崔晚眼里是长安辉煌的顶峰。“不。”师父李龟年说，“这样的辉煌和璀璨你逐渐会习以为常，你只需专注于手中的乐器，而不要在璀璨中迷失。”可是作为第一次表演的人，崔晚带着无比的好奇与新鲜感，他的目光在对新的“陌生禁区”的“发现”中还是有所“迷失”。因为他是个常人，而闯入了一群“非”常人的区域。那一晚的乐器在他手上声音微弱，只有师父敏锐的耳朵才能听出。他知道这个弟子的精力在宫廷的“初次阅历”中无法集中在乐器上。因为吸引他注意力的人物气场太大了，以他的定力和阅历根本没有抗拒之力。他见到了内心敬慕的美人，却震惊地发现她老了，美人不再娇艳，仿佛眨眼之间就老了千年，时间在她脸上留下了凿痕，哪怕经过仔仔细细的掩饰，那种光滑丰盈不再的凹凸与塌陷，也让人感到触目惊心，同时令爱慕她的男人暗生伤感。

这也是崔晚第一次见到李隆基、杨玉环，还有安禄山。皇帝李隆基坐在高台正中的酒席上，身边是他的宠妃杨玉环。两端坐着他朝中的亲信大臣、皇亲国戚以及来长安的各国使节和夫人。朝中大臣后一排是进京觐见皇帝的地方节度使、将军和官员的席位。虢国夫人衣着耀眼，像一朵硕大而鲜艳的牡丹，坐在皇帝一眼就能瞧到的位置。“她太显眼了。”皇帝对身后恭立着探头过来的胖宦官低声说，他是在责怪高力士的安排。耳尖的贵妃轻轻扔过来一句：“这样不是让陛下养眼吗？”在庄严的仪式上，崔晚发现贵妃与皇帝对视的瞬间，贵妃眼里分明露出一丝戏谑般的轻佻。皇帝却恍若未见，板着严肃的面孔，与庄严的仪式恰好合拍。他是上天之子，他的身体是龙身，他的衣饰是龙袍，他的势力是王师。作为他的女人，她是凤——一只彩翼斑斓的鸟。在崔晚看来，贵妃就是一只丰美的肉身在华丽羽毛中半掩半露的孔雀。而庄重的仪式后则是缤纷与妖艳。李龟年对崔晚说：“李隆基是个情种，这是没办法的事，尤其见到杨玉环这样的女人，他是情非得已。作为男人，他仍是个温柔的好情人，虽然他很老了，仍能爱得那么一往情深。他毕竟快七十岁了，我们还指望他做什么呢？他年轻时让我们看到希望，他中年时把我们带入了一个前所未有的盛世。他的晚年，如果运气好，我们跟他一同共享安乐；如果有万一——我是说如果，那后果将不堪设想……你我毕竟是梨园中人，只有太平盛世，才有我们的活路。”

师父毕竟是师父，他看得透彻，能够看见繁华背后的悲凉。

虢国夫人侧脸看向与她隔坐的大臣皇甫，皇甫一脸专注地看着前方，待虢国夫人掉转目光时，皇甫立即悄悄转过头去看她，虢国夫人却一脸严肃。前排端坐着始终洋溢着僵硬微笑的杨相国，当一个虎背熊腰的家伙从他面前挤过去时，他的微笑虽在，眼神却像刀一样冰冷。那个肥壮的家伙也太讨人厌了，他穿着色彩艳丽的衣服，活像喜剧中的小丑，也就是世人所说的弄臣。但他不是，他是深受李隆基和杨玉环喜爱的平卢、范阳、河东三镇节度使、东平郡王安禄山。他动静不小地挤到前面，双手捧着一支孔雀翎——那远远超过了人们常识中的孔雀翎，像一面艳丽的羽毛旗。安禄山双膝跪地，姿态不雅却显得异常恭敬地将这支奇特的孔雀翎献给贵妃。“这是我故乡最美的羽翎，但它的美远不及您的一小半。”杨玉环特地笑吟吟地走下来，接过孔雀翎，并将俏脸贴在羽翎上，仿佛很开心。事后崔晚想，那支孔雀翎怎么可能那么大呢？大到全场的人都能看清。如果小了，人们根本注意不到，所以杨玉环明知那是假的，也要显得无比欢喜，因为皇帝需要渲染君臣和睦，必须让各国前来朝拜的使节都看到手握地方重兵的将军对他的忠心和敬爱。在这出戏中，贵妃杨玉环也扮演了重要角色。勤政楼中三人的表演异常默契，李隆基在安禄山献过“忠”后，还笑眯眯地说：“等一会儿我可要看你的胡旋舞哟！”安禄山殷勤地表示：“能在陛下面前献丑，是我最大的荣幸。”李隆基点头以示满意。安禄山退下。他从杨相国跟前经过时要轻巧多了，只是他没有流露出成功讨得皇帝欢心的得意，而是有些歉意地朝杨相国笑笑，一闪而过。

歌舞欢宴结束后，崔晚看见宫役排队整齐划一地清扫，王公贵族、将军们坐的席案被搬开，小心翼翼地抬入库房，以备下次使用，大幅彩色布匹的仪仗旗饰要取下、收拢、卷叠、捆扎，装箱后收藏入库。宫役们扫过来五颜六色的垃圾，谁也不会想到一场豪华的宫廷宴舞竟会产生如此多的肮脏垃圾。次日，崔晚走在长安街头，他似对眼前的这座大城有了独特的认识。崔晚耳边响起了师父李龟年对他说的话："长安看上去不是一座迷宫似的城市，它建构规整，是个大方块形，再以街坊切割成一个个小方块。作为首善京师之地，长安井然有序，一派帝都的端严。但它的内部——错综复杂的人际关系网络犬牙交错，是紧紧依附在这座城市里的真正迷宫，是长安的另一重看不见的城市。你要在长安待下去，既要学会慢慢观察、应付种种关系的纠缠，又不要让自己陷进去，否则会有杀身之祸。那些心怀野心的投机者和心怀鬼胎的政客，也在人头攒动的东市和西市出没。他们跟我们不同，我们是乐手，是艺人，纵使能出入于宫廷，我们也是乞丐，只是用乐技掩盖了我们的可怜，也保全了我们最低限度的一点儿尊严。而这个世界是多么繁复而卑微，你在长安可以看到的每一个层面都是对宫廷的模仿与复制，有些看得见，有些看不见……"

崔晚来到怀远坊，走进一座白色的院子。一个穿着白色长袍的家伙双臂张开，白色的大袖如翅膀，那家伙颈长且瘦，竟像一只奇怪的鹤，不飞，只原地扇着有些夸张的白翅，仿佛是种仪式，他的脸像从泥土里挖出来的，带着腐败之色。在他身后的人，也都身着雍容华服，个个貌似庄严，尽量不发出异响，走路的步子有些滑稽，这主要是由于衣妆的繁复、男女老少身体的差异所造成的。钟磬声声，青烟袅袅，既制造出幻觉，又为白袍者增添几许神秘色彩。几圈过后，那家伙便坐在当中大椅上，一副理所当然的架势，接受众人的膜拜。而崔晚没有跪下膜拜，众人和白袍者都朝他瞟来异样的眼光，那是一种无声的驱逐。崔晚这才发现自己由于好奇，误入了一座道观。他走出来，炽烈的阳光在街道上投下一道道生动无比的影子。

歌者之哑

长安天籁歌姬和子不能唱歌了，她哑了。当崔晚得知时，他正在赶赴梨园的路上。关于和子的唱功，他知道宫里对她的肯定，深谙乐理、极善器乐的老郎君对和子有过这样的评价，他说："所有的乐器，都没有她精妙，她整个人就是一件乐器，奇妙无比。她一发声，众乐都矮下去了，都真正是她的陪衬，这才是个好歌者。"

崔晚对此评是认同的，由此他对老郎君还别生好感。他觉得在本质上，老郎君也是个伶人，而且是真正的伶人。和子哑了在崔晚看来绝对是一个不小的事故，因为三天后花萼楼将有一台盛会，和子的歌是其中的主打。老郎君是寄予厚望的，和子的歌声是他老人家的天堂。天堂怎么能坍陷呢？老郎君最近练了很久的琵琶，拟亲自领衔一百名长安的琵琶手为和子的歌唱伴奏，加上万国的使节观看，这将是一台盛会——万花绽放如霓，长安最美的女人杨太真将和所有打扮得艳丽无比的公主贵夫人们在万花簇拥中聆听和子的歌声。崔晚将为那动人的音乐打着檀板。是的，他会化身为檀板的音律，在那宏大的气场中变为长安繁华中的一点红尘。可是和子哑了，这花萼楼的长安盛景将不会出现。那一百位琵琶手和老郎君的领衔之弦面临俱废，他的檀板即便响起，也是孤鸣，万国衣冠与天下的美人为之感到遗憾。

长安没有了和子的歌声也会从天上掉下来，像一件瓷器，摔得碎裂。崔晚灵敏的耳朵，能听见瓷器落地的碎裂声，一切都不堪设想。崔晚在赶赴梨园的路上，他的头脑里旋转的净是不堪。他在不堪的浮想中急切地来到了梨园，和子刚刚醒来，她告诉崔晚："我在小憩时做了个奇怪的梦，梦里有个老人来看我，她太老了，老得就像没有力气，轻飘飘的。对，她是飘到我面前的。她的样子很亲切，像每个人的外婆。我确实禁不住想叫一声外婆，可我发不出声，嗓子痛，撕裂似的痛。她说：'孩子，让我好好看看你的嗓子。'我张开嘴巴，她微微笑着说：'没关系。'然后轻轻地对我嘴里吹了一口气。突然有一只小鸟，从我喉咙里飞了出去。我看见那只鸟很小，是金色的。"和子说："老人对我说：'好了，没事了，你又能唱歌了。只是过去你发出的是天籁之音，现在才是你自己本原的声音，人们将更加喜欢你的歌声，因为歌声是你从内心发出的。'我一高兴，就醒了。"据说那一次花萼楼的演出如期举行，和子的演唱比之前的任何一次都成功，整个长安都陶醉在她的歌声里。

大盗

李晚的桃花园在长安城坊间还算小有名气，今年春天来得早，春节刚过，粉色如云裳的桃花就大片大片出现在园中，随即白色的玉兰、大红的牡丹就争先恐后开得轰轰烈烈，都仿佛要拼了命地美一场，不惜一边怒放，一边凋零。此时在花中宴饮，情趣与风雅都有助酒兴和谈资。李官人在桃园设宴，不只是请客赏花，更是因为近期长安出了一个大盗，常在夜深人静时出入达官富人之家盗取贵重之物，来无影去无踪。任人怎么防范，遣人怎么捉拿，都是只见空气，不见贼影。一时京都上层之家皆人心惶惶，刚开始人们还议论昨夜某某家进贼了，随即贼就入了那些议论的人家，于是人们谈盗色变，无不忌惮，渐渐都缄口不敢提，唯恐引盗上门。李官人不信邪，邀集了包括江右乡党、梨园歌姬许和子在内的一干京都略有名望的酒友，开夜宴于桃花盛开的院中后园，若干年后出了大名的酒鬼兼诗家青莲先生也在受邀之列，为此他还专门写了一篇《春夜宴从弟桃花园序》，在流传下来的这篇百来字的短文里，读不出丝毫飞檐走壁的盗影，有的是那晚的酒气和醉意。他没有提及其从弟李晚设酒局的主题——让人专谈贼盗故事，说不出的罚酒三杯，这做派很有些开门揖盗之意。夜宴连开了三晚，李官人对在文字中称他为从弟的青莲先生倒没留下太深印象，只觉这位本家如圈中人所言，有着多样的面貌：狂饮者、狎妓者、笑傲权贵和礼法的人、挥墨如飞的诗人及自然率真的天才。宾客们饮酒纵谈了三个晚上的盗贼事迹，李家库房的财物丝毫未失。但所有赴宴者所述行盗事迹似乎都指向了一个叫冯明宽的人。

长安冯明宽，坊间传闻是一携有秘术的神盗，也为五陵少年所崇拜。据说平康坊中有宅子是他家的，却常年没人住。李晚遣人向冯明宽宅子的门缝里塞下帖子，指名邀请他一人来家中赴夜宴，以畅述江湖之事。

这日晚间，李官人让家佣安排好宴席，就一个人坐在园中，大开园门，单等大盗冯明宽上门，满园桃花无风而落。月上中天，大门口仍未见登门客，李官人寻思冯大盗徒有虚名，不敢前来。正要唤人撤宴，身后有人称：“李大人久候了，冯明宽因故来迟，请见谅！”

李官人转身，看见桃花树下立着一位行礼的来客，样子斯文清雅，面貌俊秀，举手投足间从容淡定。李官人几乎不相信自己的眼睛，长安居然还有这么风神俊朗的人物，好像金钱、权力、物欲的滚滚红尘一点儿也没污染到这个人身上。李官人心里不由得叫出一声好来，如若冯明宽不自报家门，李官人根本不会相信他就是长安城里人们谈之色变的大盗。李官人没有把心中所想在脸上流露出来，他只豪爽地以主人身份邀他入席。嘴里说：“好酒不怕晚，请了！”冯明宽大大方方入座。宾主同时举杯，饮了三杯落肚。冯明宽道歉说：“赴约之所以来迟，是因为入一户人家行盗，出了点儿小状况，耽误了。”李官人见对方不避不讳，开门见山，也便单刀直入，问道：“传闻阁下是神盗，怎么也会有出状况的时候？能否说来听听？”

接下来就是冯明宽说的行盗故事。

今晚像往常一样，冯明宽口中念念有词施起秘术来，提气绕着厅堂正中杌子上盛清水的铜盆连跑三圈。冯明宽跑第一圈时，护法昆仑奴还能看见他扎束齐整的行头和身形步态，第二圈昆仑奴只看到一个影子，第三圈昆仑奴仅感到一股风瞬间刮入铜盆，人却不见了。此前，冯明宽剑挑一张纸，纸上写明某坊某宅邸字样，然后将纸挑近烛焰燃起来，字纸在完全化为灰烬前格外亮丽地跳了一下，燃烧的焰朵像一枝花射在昆仑奴黑色的脸上，竟异常璀璨。冯明宽向忠诚的昆仑奴笑了笑，转身朝厅堂中沉金色的铜盆而去。

昆仑奴眼见主人一股风般跃进去，沉金色的铜盆内的清水中在烛光映照下出现了一尾红色金鱼，那鱼儿是他熟悉的，昆仑奴要在盆边守护着，切不可让猫狸之物伤害到那尾鱼。那鱼在盆里游了三圈，鱼尾一闪竟消失了，铜盆里只剩清水。那水是昆仑奴在后院深井里新汲的，每回都清澈、透亮，像能洞察夜晚的一切。

冯明宽以为这回行事也会如以往一般顺利得手，没料到却出了麻烦。

长安城一到晚上，到处都是会动的影子，白昼不动的静物好像都又动又舞起来，白天黑夜真成了两个世界。人只躺在床榻上不动，且尽量不发出声息，把城市里的街道都空给各种动的影子。它们怪啸着，有的像鸡鹅，有的像猫鼠，诡异万端，变化无常，仿佛百鬼夜行，人皆避之。冯明宽携秘术恰在其缝隙中穿行，找到了一条路，在影子里畅通无阻，然后出现在人熟睡的屋里行盗，只有梦中的人才能看见他，也只有猫狗的眼睛才能觉察他。

冯明宽第一眼触碰到的就是粉色帘幔遮盖下的两具雪白胴体，裸露在黑底洒金的屏风背景前。看不见正脸，也没有眼神交流。他们把脸躲在各自的胴体后面，藏在视线照射不到的地方。这与身体很好地隐蔽在房顶之下画梁上的窥探者正好相反。

帘幔那边传来用人小心翼翼地禀报主人的声音："夫人，史将军求见。"虢国夫人一只手掀开帘幔一角，眉头微蹙，轻声道："这个时候来！"用人说："他已候了很久了。"虢国夫人放下帘幔，侧过身，柔软的手轻轻拍了拍旁边鼾睡的男人，唤道："三郎！三郎！"一条唇上蓄短髭的白生生精赤男子推开锦被，呼地爬起来，迷迷糊糊地问："什么时辰了？"

虢国夫人道："三郎，不早了，该回宫了。"短髭男子"哦"了一声，揉揉眼睛，又打了个哈欠。三郎是他的小名，只有关系最亲昵的人——尤其是女人，而且必须是他喜欢的很美的女人——才可以这样叫他。然而更多的人，主要是他看不见的，在他背后的，包括坊间的各色人等，也这样叫他。这时女人开始为他穿衣。短髭男子说："算了。"他嫌女人动作太慢，自己胡乱穿上外衣，下榻就要走，虢国夫人说："别急呀！我玉环妹妹今晚又不会去抓你。"短髭男子瓮声瓮气地说："你不急着要见新客吗？"虢国夫人笑，嗲声道："那还不是冲着三郎对我的情分吗！"短髭男子道："我还是赶紧走吧！"

虢国夫人府中养着狮子、老虎和孔雀，还藏有珍奇的夜明珠。她是皇贵妃太真夫人的姐姐，又私受皇帝的雨露，这已是长安众所周知的秘密。三郎皇帝除了太真夫人，对其姐姐的私幸，总是在秘密中进行。据说虢国夫人的夜明珠就是皇帝送的，而狮子与老虎是三镇节度使安禄山送的，孔雀也是京里巴结她的高官送的，至于府库里无数的丝绸、美玉乃至西域的珍奇之物更是达官贵人们排着队送进去的。冯明宽打算下手盗取的，自然不是狮子、老虎、孔雀，而是看中了传说在夜晚散发光华的夜明珠。这颗夜明珠把虢国夫人的卧室照得光华如昼。他要在虢国夫人熟睡时用深色的锦缎包裹着盗走夜明珠。他没有料到会碰上三郎与虢国夫人私会。正是那权倾天下的男子，他的肤色白得耀眼，如同少女，而嘴上的精致胡须也是经过精心修剪与保养的。

平静了一会儿，短髭男子不无妒意地道："你跟我的将军们来往很密切啊！"虢国夫人有些得意："是他们来找我的呀！""噢，是了。"短髭男子说，"我应该说是你的崇拜者很多。"他停顿了一下，像掂量着什么，把声音拖慢，像在拉一根丝线："史——将——军？哪个史将军？是那个丑八怪史将军？"虢国夫人说："不，三郎，是他的儿子，长得比他老子英俊十倍。他们家的姓还是你赐的呢！”男子用手指习惯地理了一下两撇短髭，好像有些油光水滑的样子，说：“噢，看来你对我的将军了如指掌，告诉我，他们在想什么？”虢国夫人不假思索地说：“还用问？他们没一个不在想方设法讨好您。”短髭男子头一歪，瞥了她一眼，说：“就这时辰，他老子叫儿子来找你？”虢国夫人咯咯笑，撒着娇道：“他们来找我，还不是因为有您！”短髭男子束好衣带起身，说：“算了吧，我该走了，你也好去见那些个将军。”

在冯明宽眼里，短髭男子有些落寞，有些颓废，但更多的是贵气。短髭男子走了，立马有贴身侍女进来为女人把睡袍脱下，换上见客的华裳丽服。冯明宽留意到进来的三个侍女是提着灯的，原先室内的光却是来自夜明珠，它被放在一个精巧的银色支架上。只是短髭男子一走，换上服饰的虢国夫人示意侍女把夜明珠收入藏宝匣内。冯明宽把它牢牢收入眼底。藏宝匣不会自动跑到他手里，他要从藏身的横梁上下来，他知道虢国夫人府中到处都有机关，有时刻戒备的鹰犬，它们都是不次于宫内侍卫的顶级高手。令他感到意外的是，夜明珠的匣子就放在架子上。

等到侍女提着灯拥着虢国夫人出去，冯明宽眼里只剩下了夜明珠的匣子。他像猫一样轻捷无声地落地，那只是一个影子，在黑暗中携走了另一个藏着夜明珠的影子。一切似乎都很顺利，可是当他打算离开虢国夫人府时，他碰到了一头狮子。冯明宽根本没想到虢国夫人府里会有狮子巡夜。那只狮子的眸子射着精光，仿佛黑暗锻铸的致命武器。他小心翼翼地退步，他退到假山后面，狮子的眸子穿透假山。他退到花园的小径，他要躲过红色灯笼的照耀，因为每盏灯笼下都有一个武士。他要退避得机敏，像看不见的游魂，但狮子却能闻到灵魂的气息。他的脚一趔趄，掉进了身边的水池里。是水救了他，水下有他秘密潜行的通道，他可以像鱼一样游回铜盆里。

令他再度意外的是，守在铜盆边上的是一只猫，昆仑奴不见了。猫见到铜盆里的金鱼，立即张牙舞爪，锋利的爪子拍打得水花四溅，金鱼绕盆逃逸，命悬一线。一道刀光闪耀，猫一跳，化成三截影子，断在地上。冯明宽从盆中跃身而出，昆仑奴跪下谢罪，说才出去撒了泡尿的工夫，险些丧了主人性命。冯明宽讲述的绝对是一个传奇大盗的不传之秘，他的坦诚令李晚既生好感又兴致盎然。乃至李晚也想对他吐露一些自己的私密，比如关于自己如何行贿上官的不传之秘。

白马非马

白马寺的钟声撞开雨帘，人牵马在雨中奔跑。雨好像只下在马身上，使马更白。人的影子被雨涂改得歪歪斜斜，一点儿不成比例。白马寺变成白马，寺院被人扛在肩上，出了长安，奔洛阳而去。剩下的长安该陈旧的地方更陈旧，只是多出了一块又一块的鲜艳地带。老贺对游历长安的李四说："多少年后，人们都会怀念这座城市，就像你初次到来一般，长安的城门和朱雀大街就是四面八方涌来的梦，如果你被它裹挟，最终必将会被其吞噬。这个梦如同一头巨兽，躲开它会更好一些，你要有与众不同的梦，才不会在他人实现梦想后迟来一步。你要有你的开始。"

说实话，李四当时心里是茫然的，他是个刚入长安的外省土鳖，他不知道应该怎么开始，也不知道"开始"是什么意思，但他听出了老贺想把他留下来的意思。他只好说出内心的惶惑与自卑："怎么开始？我不过是个流浪者啊！"老贺爽朗地笑，拍拍李四的胸脯，李四缩了一下，老贺说："从诗开始。你没有必要拒绝，长安需要你不拘一格，你可以'嗨'起来，甚至更'嗨'一些。这里的美酒和美人都不会拒绝一个诗人，尤其是浪游的诗人。”老贺的话给李四喝了还魂汤，说心里话，谁不喜欢长安呢？除非他有病！李四来长安绝不是只满足于当一个看客的，他身怀二技之长，一是十五岁就玩会的剑术，二是颇有名声的诗艺。如果到长安不露两手，就白活了。好在他遇上了老贺，算遇对人了。老贺不仅给他喝了还魂汤，还让他服下定心丸，许诺将李四以诗仙之名引荐入宫廷。李四有些受宠若惊，喝醉酒的时候胆肥，酒力一退就心虚。他知道老贺也是一酒鬼，只是他酒醉和酒醒后胆都肥。他是长安的平章知事，近乎宰相，如果不是会喝酒玩诗，要结识这般高官，比登天还难。李四跟老贺是因酒结缘，一对诗，臭味相投，即成知己，这是酒的功劳。

李四知道他的一生将是酒给他设置的命运线，酒流到哪儿，他混到哪儿。白马非马，白马即他，他即非马，寺院就是他胸中的小诗。早年在那鸟不拉屎的老家，他对老婆说：“我一直奔忙，很少在你身边。”老婆很认真地对他说：“你选择你的事业并为之奋斗，我选择了你！”李四就彻底放开“浪”了起来，世界也就变大了。直到来到更大的长安，李四觉得见到了世界的真容。老贺鼓励他把这种认识写成诗，他就可以送呈宫中的三郎过目。“三郎一句话，你就可以在长安站稳脚跟了。”老贺说这话的口气，好像皇帝是他亲戚。李四是信的，也由此发现老贺瘦不拉叽的身子有些崇高。他一来劲儿，在酒桌上就敲出了几十行长短句《长安行》。老贺一读，连声叫“好”！不过，作为内行人，加上高官身份，尽管看似老贺不是很在意这些，但还是对个别字、句提出了意见，李四笑纳之。

老贺歪头对酒保说酒记我账上，让李四继续喝着。老贺袖里揣着《长安行》出酒肆直奔宫里去了，回头还朝李四扔下一句：等消息！李四从老贺脸色和出门下台阶时有些翩然的姿态知道，这事八九不离十。果然李四应诏进宫了，三郎没在殿上，而是在沉香亭以诗友的身份让老贺陪着与李四小酌。三郎那位著名夫人杨玉环也特地出席作陪，李四一睹国色，当即头发晕。激动之余，李四现场作诗《清平调》三首，对夫人的美貌极尽天才的赞美与不拘常理的想象，“云想衣裳花想容，春风拂槛露华浓”“一枝红艳露凝香，云雨乌山枉断肠”“名花倾国两相欢，长得君王带笑看”。这样的句子读得三郎满心欢喜，也读得夫人满颊飞红，还用荡漾的秋波瞟了李四一眼。李四自然是有些飘飘然的，将夫人递给他的酒一饮而尽，又亲昵地面向三郎，三郎也凑过头来。李四一时什么都忘了，仿佛还沉浸在诗里，嘴里说道：“我斗胆说一句，长安之所以这样迷人，是因为有美人。”三郎笑眯眯点头，以示认可。李四又继续说：“美人之所以这样迷人，是因为有权力。”三郎不吱声，老贺向李四使眼色，李四丝毫没有察觉，只顾自斟自饮，嘴里哼哼唧唧的，不知是吟诗还是哼曲，一派扬扬得意的样子，全然没把三郎当回事。三郎拂袖而起，老贺忙打圆场说李四喝大后就这德行，满嘴胡言。李四说：“我是胡人，说的就是胡言。”三郎大度，摆摆手，让他们下去。李四离去后，三郎想到那话，还是有些懊恼，老贺说：“原谅他吧，他是天上谪下的人，说错话的毛病也带了下来，他本不属于这个世界，只是出于热爱长安，他说错话也无恶意，只是出于对陛下的热爱而提醒陛下呀！”

别人的话，三郎不一定听得进，老贺的话，三郎觉得还是有几分道理，不仅没有责备，反而颁李四一个翰林供奉待诏的职位。李四明知是个闲职，可好歹在长安也算混到了酒钱。这之后，宫里每逢有欢庆活动便叫他过去，创作点儿配合活动的作品，李四也卖力，却只觉没劲，有点儿压抑。出得宫来，李四便钻进胡姬的酒肆里，一边喝酒，一边将眼光从一个女人游到另一个女人身上，时而无厘头地扯些夫人的事，不小心吐出不少宫闱之秘。

一次应诏入宫，李四遭三郎怒斥，屁滚尿流地被赶出宫，甚是狼狈。坊间说李四简傲天子，狂妄得不得了！此后，李四仍在坊间饮酒，只是每回都换一家酒店，他知道自己在长安已得了一些虚名，人们也喜欢拿他作谈资，他不想让人认出自己，被人当作笑话。李四总是蜷在酒店不引人注意的角落里，沉默多于言语，听人对一个叫李供奉的人议论得欢，满是幸灾乐祸的口吻。李四觉得他人说的那个李供奉不是自己，他是李四，就是一个酒鬼，老贺也离他而去，名震一时的“长安饮中八仙”已星散，只剩李四一个独饮，默不作声，看似半醒半睡。偶尔，处于醉意中的李四会从热火朝天的人堆里拉出一人，对人耳语道：“这个世界正在毁灭，你只能一只眼睛开，一只眼睛闭。”被他疯话吓着的人像怕鬼魂附身般躲开。后来世人穿凿附会，把李四的长安经历都扯到一个叫李白的人身上，其实李四和李白两不相识，就像雨中的白马寺。

白马和寺，一是动态的，一是静态的，雨一下，一片白，人影都歪斜。据说李四离开长安后，人们问他为什么要抛弃那么一个花花世界，李四回答："我不喜欢长安的气味，闻起来令人作呕。"据说这句污蔑长安的话轰动一时，流传甚广。为此，官府派人到处追缉李四，皆无下落，李四像是从这个世界消失了。正如老贺所说，他是被上天谪下来的，只有在人间犯了罪，天上才会赦免他，把他召回。

我目视着子美兄单薄的身体登上那只泊于秋水上的篷船，

我知道他是有孤愤与悲悯的，

他的高贵使他不肯加入长安夜莺的合唱。

西门将军

西门将军是个浪荡汉子，经常在西门一带晃悠，寻衅打架，常被当作不良人拘押又释放，久而久之，便打出了个西门将军的绰号。长安西门叫金光门，附近胡人居多，多在西市做生意。长安东、西两市，为城中最繁华地段，西市尤甚。《长安志》记载："市内店肆如东市之制，长安县（朱雀大街以西）所领四万余户，比万年（朱雀大街以东）为多，浮寄流寓不可胜计。"

西市周边的商贾住户有康居人、波斯人、大食人，有的已正式入了长安户籍，还有相当部分为无户籍的临时住户。五陵区（汉高、惠、景、武、昭五帝陵所在地）即在这里，它是长安出名的富豪区，飞扬跋扈的富豪子弟"五陵少年"便出没于此。炫富、斗酒、赌博、泡妞、打架乃五陵少年所擅，可见西门是个打架的好场所。能在这里打出名堂来的人非同一般。西门将军不是每战必赢，而是每战必输。他不是呼朋引伴、银鞍白马的五陵少年的对手，却又瞧不顺眼他们的飞扬跋扈，总主动上前挑事。五陵少年，那是一群被轻佻女子和诗人捧成了"长安之花"的主儿，他们呼啸于闹市，出入于酒肆、青楼，与胡姬、琵琶女调笑，跟游侠当场血拼，只为争当一个头牌每夜选定的头一个，他们的锦衣华服和玉雪白马几乎是繁华的长安一景，羡煞旁人。

一次，五陵少年骑着漂亮的白马招摇于西门，一坨黄泥团从门下直射到领头阔少白马的屁股上，“叭”的一声爆炸开花。这谁呀？人家扭过头来，见门下站着一趔趄汉子，胡子拉碴，像喝多了，又似闲得无聊寻衅，散淡的做派，一副满不在乎的样子。五陵少年齐喊就是他！西门将军咧一嘴黄牙，满脸讪笑，边撸袖子边说：“我拳头痒，就等这一刻呢！”人家势众，呼哨一声就扑过来。西门将军也能打，前面的小白脸被他一拳打断了鼻梁骨，捂脸喊痛。紧冲上来的却也是打架老手，人未至，连环腿、扫堂腿先发制人。西门将军连连跳跃，落地时，还是被扫倒于尘埃中。五陵少年一拥而上，群殴之。西门将军一人难敌众手，饱吃一顿拳脚大餐后，人家才悻悻然离开。好半天，西门将军鼻青脸肿地从灰堆里爬起来，狼狈不堪，仍朝围观人群努力咧咧嘴，为示英勇，想挤出一丝笑，竟是哭相。李白先生当时应该也在场，后来他写了一首《少年行》：“五陵年少金市东，银鞍白马度春风。落花踏尽游何处，笑入胡姬酒肆中。”诗中没提西门将军一个字，他的目光大概不忍看挨揍者的惨状，只被五陵少年牵进了酒肆。

西门将军也骂过那老酒鬼两字“势利”，并啐了一口。现在人们知道了，西门将军不是善打架，而是善挨揍，因为太愤世嫉俗。他痛恨的人都强他太多，这使他的挑战不仅极具难度，且都是不可能完成的任务。挨揍也便顺理成章。但他毕竟有将军之称，那全在于他有一身打不坏、砸不烂的铜皮铁骨。别看他昨天刚挨了顿狠的，次日一早他又昂昂然立于西门之下，一副“一夫当关，万夫莫开”的模样，人们就笑他：“又等挨揍呢！皇上真该授他一块金牌。”

捉鬼师

据说长安的捉鬼师是糯米不离身的，糯米是他的武器。糯米以黏性见长，这当然是指煮熟的糯米，但捉鬼师的布袋里，显然装的是生糯米，不过捉鬼师撒米可以制住鬼怪。

捉鬼师与米铺保持着特殊关系，米铺卖给他的米打的折扣绝对令他满意。捉鬼师胖子老范是个酒鬼，这日在酒肆赊酒醉得不省人事的时候，差点儿被人当破烂儿一样扔出去。幸亏来了几个壮汉，帮他结了多日欠的酒账，架着老范就走。这几个壮汉还没忘把那只又旧又脏的米袋带上。老范人胖，几个壮汉虽人高马大，架着走也累得气喘吁吁。老范也不知怎的就被人扔在一间黑屋里，壮汉个个溜之大吉。老范的醉意也被一阵阴风刮跑了，身子一哆嗦，吓出一身冷汗，忙伸手去摸腰上的米袋，不见了，顿时慌了神。好在另一只手传来熟悉的触感，是掉在地上的米袋子。老范知道似这般年久日深的城市建筑里往往藏着诡异，见到的人被吓得捂嘴噤声，若是迎面碰上，得侧身缩到一边，千万别沾上，只待浓重的阴气擦身而过。人不惊扰它，便会相安无事。所以长安城有些大户人家，总是在拆建和翻修他们的宅院，原因多是宅院有异，有的干脆住一段时间就拆了，不让它存在太久，拆了再建新的，诡异就藏不住。捉鬼师老范平素被人请去办事，先是在问题宅院里勘探一番，再是领受一顿好酒好菜好招待，待酒吃至七分，老范便麻着胆上阵。说是捉鬼，老范从业多年也没见过鬼，只是从客户——即顾主嘴里听到各式各样的鬼。老范先是在诡异的房间里按八卦方位撒上糯米，然后撒上一泡酒劲十足的老尿出来。不过，撒糯米有讲究，不是凡人都能撒，捉鬼师是根据察看的情形轻重施放多寡，如郎中开方施药，多了病则愈重，少了无效，须不多不少恰到好处。至于撒尿，则愈壮足愈佳。然后老范交代顾主，千万别让鸡把米吃了，至少保留三天，便平安无事。这活儿多是奏效的，可这回老范被人七手八脚架过来，是因为上次干的活儿“反水”了，不见成效。米撒了，尿撒了，三天过去了，鬼魂仍在屋里闹腾，老范才被扔到了这间黑屋里来。这种返工的事，在老范的从业生涯中也不是没有过，但客户没这么粗鲁。从他们的举动看，既把老范当成了江湖骗子，又当成了唯一大救星，老范感到有伤自尊。他回头敲门，门被反锁了，出不去，看来没见过鬼的捉鬼师这回是要直面鬼怪并与之交锋了。一想到这儿，老范反而没有了惧鬼之心。人都说鬼怕阳气，捉鬼师是阳气重的人，而糯米、捉鬼师的尿，皆至阳，对鬼形成杀气，鬼是不敢近身的。老范似乎想到上次来这户干活儿，完成最后一道工序时，由于无尿意，只勉强撒了一条线就断了，功夫没做足，所以“反水”了。头脑一清醒，老范便心中有数，嘴里就对鬼叫板：“尽管放马过来，试试俺老范的本事！”说罢拎出家伙对暗处一阵猛滋，云腾雾起，老范痛快淋漓，鬼怪灰飞烟灭。

老范明白，这回活儿干得彻底，可包客户三代无鬼怪之扰。老范收拾米袋，米袋也被尿湿了，老范连声怪笑。外面汉子正贴耳在门板上听动静，被吓得魂飞魄散。

隐

在长安，隐士是一些迫不得已而不让别人看见的人。无论他们出现在哪里，都仿佛不存在，不存在就是没有，就是无，这真是奇怪。

有一位剑隐，能口、眼、鼻、耳、舌吐剑，当初在长安市上表演，跟吐火、滚木、走索、顶竿、吞剑、耍猴、玩蛇、掌戏等杂耍艺人混在一起，人们对他的吐剑之技满是好奇。市上有一伙泼皮每每挑衅，砸场子，当众戏弄剑隐说他是使的障眼法。为了证明那从耳朵里吐出的剑是假的，一个泼皮上去用双手捂住他的耳朵，众泼皮起哄，逼着他耳朵里吐出剑来，又有泼皮过来堵住他的嘴，塞住鼻孔，另两个泼皮又扭住他的手臂，按下他的背部，用膝部死死抵住，口里嚷着，有本事你吐剑出来，否则憋死你！憋闷中，剑隐耳鼻流血。有人看不过去，劝说饶了他吧，不过是混口饭吃。泼皮不允，死压着剑隐不放。人皆摇头，泼皮反而过来打人耳光，说多管闲事，咱这是打假呢！

在无奈和暴怒之下，剑隐大吼一声，只见捂着他两耳的泼皮双手被剑刺穿；堵住他嘴巴和鼻孔的泼皮，也分别被发自他口中、鼻孔、舌头上的剑击倒在地，发出惨叫。总之，观众亲眼看见无数支剑从剑隐的五官中射出，一伙儿泼皮被剑击中，倒地翻滚，痛不欲生。在金吾卫巡街使赶来之前，剑隐消失在人群中。从此长安市上再也见不到能从口、眼、鼻、耳、舌吐出剑来的人。坊间也有人说，那是假的，那些泼皮跟吐剑人是一伙的，早就设计配合骗观众的。但更多人亲眼所见，无不确信。这事传到宫中太常侍耳中，专门派人在长安寻找此人，终是没有下落，只好回复说吐剑人已离开长安了。此后长安市上每有人被莫名其妙的飞剑击伤事件，遭受剑击者多是恃强凌弱之辈。有人说吐剑人哪儿也没去，一直待在长安，只是隐了身，平常不见，若是哪里有不平之事，作恶者会受到来自剑隐者的惩罚。

西市边的延寿坊，一只大黑猫经常蹿上老槐树，每天早晨，天蒙蒙亮，大黑猫在树梢能看见不远处的屋顶上，有个在练习吐剑的人。那些分别由眼、鼻、口、舌、耳里吐出的剑在昏昧的秋天晨雾中闪闪发光，像一串串银子，又似点点幽灵之火。猫的眼睛格外锐利，能看见人眼所看不见的东西，它知道自己所见的事物不是人类所为。

丽人记

豫章张胜很早就听说长安丽人的香艳，他立志要去长安。别人是背着一袋书去长安赴考，张胜不喜读书，却喜欢武术，从小练过来，也能打得过几个人，在地方上也算个人物。所以他便决定一路跟人比武，打到长安去。这一路的辛苦可想而知，张胜或乘船，或骑马，或步行，走到哪儿打到哪儿。打得赢的，人家叩头拜他为师，请他喝酒吃肉；打不赢的，他就给人叩头，死皮赖脸拜人为师。张胜就这么磕磕绊绊，好不容易到了长安，已然拜了半路师，收了半路徒，落了一身伤。

张胜弄明白了，过去觉得自己是个人物，是不知天下之大，能人之多。历练过来后，张胜便谦卑了下来，比武的名声却比他先传到了长安城。长安早有一大群武人摩拳擦掌，等着跟他比武，一试这个打到长安来的外省人的斤两。进了春明门，就有人注意上了张胜。长安武人不是土鳖，懂礼数，没有立马拦住叫阵。等到张胜师徒安顿好，人家就排队找上门来，嚷着要定日子比画比画。张胜也算见多识广了，连忙出来作揖，说："我是冲着丽人来长安的，跟比武没关系。长安藏龙卧虎，三岁童子都比我张胜强。哪里丽人好看请带我去，武就不敢比了。

拜谢，拜谢！”然后一揖到底。长安武人就说：“没劲，没想到张胜是㞞包。”㞞包就㞞包，张胜认了。有人告诉他：“三月三曲江是看长安丽人的最佳景点，得趁早去。”张胜又是作揖说：“好，好。”

到了日子，张胜和弟子们还着意梳洗打扮一番，一早就跑到江边去等着丽人出现，三五成群酸溜溜的文人见到不少，有的摇头晃脑还吟着歪诗，相互恭维着，有说有笑。张胜最看不惯这个，牙都要酸得吐出来了，嘴里直叫：“呸呸呸呸，我呸，我呸，我呸呸！”这时有人说：“虢国夫人过来了！”就见吟诗的、摆摊儿的、春游的、看景的、饮茶的、吃早点的、喝酒的，都拥过去，一时就围成一堵墙，好在张胜力大，三下两下就把别人挤歪，算是挨到了前排，却被拦住，不能再往前了。只见香车宝马，红罗绿盖，环佩叮当，热热闹闹过来，带着阵阵香风，隔着还挺远。张胜心情激动，那传说中的长安丽人就在那拥红簇绿堆里，人急死了也看不见。他想拨开治安街使，却遭呵斥：“没长眼吗？封路了！”张胜就说：“偌大个长安，竟这般小家子气。大好个丽人出来却不让人看！”边上就有人说：“你知道她是谁？人家是皇亲国戚，哪是让你看的！”张胜说：“不让看，长那么好看干吗？！”左右就笑，板着脸的街使也笑。只见红绿堆里出来一位丽人，穿着绿罗裙裳，珠玉环佩，生得美艳照人，腰佩弯刀，竟朝张胜这边走来。张胜眼睛瞪得如铜铃大，仿佛见了仙女。那丽人过来却不是找张胜的，只是对街使说了几句话，张胜只瞪着眼瞧，嘴合不拢，眼部肌肉控制不住地颤抖。那丽人便冲他看了一眼，转身又回到那红绿堆里去了。张胜只觉浑身如过电一样，有一种幸福的战栗感，回到客栈也没缓过来，眼里净是那丽人的影子，鼻子里仍觉得有香气。张胜夜里只坐在屋里发呆，琢磨着香气的味道。徒弟以为他中邪了，又不敢打扰。夜深了，张胜梦见那丽人找上门来，带着那股香气，背后还跟一帮武人，像要动手的样子。张胜冲丽人说："你来了。"便傻笑。丽人说："据说你是一路打到长安的，今天一早你就潜伏在路边，我们怀疑你有刺杀虢国夫人的图谋。"张胜说："说什么呢？我才不稀罕什么虢国夫人。我到长安，只是为了看你。"丽人说："看我？你知道我是谁？"张胜说："你就是长安最好看的丽人。"丽人说："胡说什么呢？我只是虢国夫人的一个普通丫鬟。"张胜说："对我来说，长安的文人我不喜欢，长安的武人我不喜欢，长安的皇帝和皇亲国戚我不喜欢，对我来说就一句话——你就是长安！我不虚此行。"

次日，徒弟们发现师父不见了。有人说，天不亮就见张胜出门回豫章去了，还牵着一个丽人的手呢！也有人小心翼翼地说，张胜是被人逮走了，那客栈老板就是个坐探。

吞刀者

他公然站在长安街头做死亡表演，他在虚拟中已死过千百遍了。吞刀，不是人们认识的硬气功，且刀由张开的口进入他的喉咙，便拐入了另一层系统空间，不会伤及表演者的内脏器官。由此让刀在里面停顿、出入，引来由讶异引起的喝彩和扔过来的铜钱，他也由此成了长安街头被围观的热闹一景。

有一天，他表演后刚回到家里，天已黑了。他刚点灯，就来了一个人，要请他单独为自己表演。他拿出了可观的钱，吞刀者说："我肚子还是饿的，还没生火煮饭呢。"来客说："据我所知，空腹表演才是对的，肚子吃饱了，怎么能吞下一把刀呢？"吞刀者说："看来你的钱，我赚不了。"来客说："如果我坚持要你赚呢！你不会还拒绝吧？"说着他又拿出加了一倍的钱。吞刀者看了看，那是比他表演三四天赚得还要多的钱，他有些不忍拒绝，可他还是说："我的肚子不是因为钱才让刀一次又一次进入的。"来客说："可刀为什么会认识你的口才从里面进去呢？"吞刀者说："你的话，我回答不了，那是刀的事，或许它只把我的口当作了一个熟悉的门路吧。"来客说："那换一把刀呢，比如我这把刀？"说着他掏出一把精致的刀，刀的直径与宽窄度跟吞刀人用于表演的基本相同。吞刀人说："这肯定是一把陌生的刀。"来客说："可它还是找上了你。"吞刀人说："你以为我会随便用一把刀来表演吗？"来客说："那么说，你是答应了用你的刀来为我表演了？"吞刀人说："你为什么不等到明天去街上看我的吞刀表演呢？"来客说："我不喜欢热闹，尤其讨厌人多的地方。"吞刀人有些勉为其难地说："好吧，那我就为你表演一次。"说罢，他去取刀，发现刀不见了。他只好苦着脸说："看来只有借你的刀来为你表演了。"来客笑笑，说："我说了用我的刀试试，这可是一把好刀，我花了高价在西市买的。"

吞刀人从来客手里接过刀，一泓秋水照亮他的眼睛，他从刀身的反光上看不到对面站的那个人。他抬起头，那人却带笑地看着他。吞刀人心里明镜似的——这位来客不是人，是刀鬼。他说，我口渴，待我先喝口水，说着却转身含了一口油在嘴里，举灯照刀，朝刀身猛吐出一串火苗，刀发出惨叫，刀鬼化作一股烟，没了。

穿墙术

有一天从寺庙里走出一个头陀，这个头陀在很短时间里就因擅长穿墙术而名动长安。平常坊间的墙没有一面是他不能穿过的，但他穿不过王公贵族府第的墙，更穿不过皇宫的墙。原因有二：一是厚；二是太厚（其实他都能穿过去，只是他不愿惹麻烦上身）。

有一次兵部卢尚书公子在自家墙边邀他表演穿墙术时，他一头碰到那墙，就惨叫一声，倒退数步，跌坐在地，摸着头上撞出的大包，痛得龇牙咧嘴，狼狈得很，围观者哄堂大笑。卢公子没有笑，他走到头陀旁边察看，照旧给了奖赏。他侧脸贴着头陀耳朵说了些什么，没有人听见。

一日，头陀在东市表演穿墙功夫，连续穿过数道墙，形同无物，观者欢声雷动，突然那头陀在一面墙前停住。只见那墙上画着一只饿虎，张着大嘴。头陀犹豫了，好像真是被画虎吓住了，他看看两边不停呼叫的观众，在人群中隐约闪过卢公子的脸，头陀还是朝那面墙冲了过去，只是等了很久，墙的另一边也不见头陀出来，他整个人消失在那面墙里。那只饿虎也随之从墙上消失了。

1984年，法国著名魔术师R先生（他有着一头弹簧似的乌黑鬈发和一张阿拉伯人般的英俊面孔）在故宫成功表演了穿墙术后，据目击者说R先生接过别人递过来的一瓶红星二锅头，猛灌一口，趁一鼓辣劲儿投入平生最有挑战性的表演——穿长城。可是，问题就出在这“可是”上。著名魔术师R先生一冲之下，一半身子进了城墙，另一半卡在城墙外面，还是他的助手（一位满头波浪式金发的丰满女士）在某人的建议下请来当地一位僧人，才把R先生弄了出来。R先生回到法国，当即宣布结束表演生涯。

诗人坊

诗人坊在长安的108坊之外，又在108坊之中，也就是说长安所有的坊中都有诗人坊，就像所有的酒中都埋伏着诗是一样的。

有一天，诗人坊来了一位不知诗为何物的公孙先生，人们叫他公孙大娘，其实他是男的，“大娘”是江湖上对他的尊称。这自然引起诗人坊居民的注意。诗人坊的人也不都是玩诗的，有厨师、药师、算师、法师、道师、风水师、打师、鼓师、傩师、装裱师、舞师、乐师、剑师、幻术师……这些人术业有专攻，都对诗人有些鄙视。公孙大娘是剑术大师，早就名动长安了。可坊间也有人对公孙的剑术不以为然，认为他舞的剑中看不中用，令人眼花缭乱的，净是花活儿。说这种话的人都是在长安隐姓埋名的剑客，他们接的活儿，全是要见血的，你根本看不见他出剑的路数，只一个“快”字，他们的剑术都在这个字里面。由于他们出剑收剑太快，没人看到他们的剑，所以他们的名字也隐藏在快速的剑里，连一道光也没有。而公孙先生正相反，他的剑术繁复而光艳，这完全符合盛唐的审美，也就赢得了世人的普遍欣赏和赞扬。尤其是诗人，诗人乐意利用公孙华丽的剑术铺陈他们极尽夸张、比喻与发挥天才想象的诗句。公孙每表演一次剑术，就会有一篇篇赞美诗投在他身上，他总是一抖剑花，把那些献媚的诗篇化成纷飞的破烂儿。这使得诗人们很没面子。他们一直盘算着哪怕花高价也要雇人为他们出头挽回面子。公孙先生出现在诗人坊，立马引起了骚动。只是这次没有一个诗人出来，诗人都躲在窗户和门板后面，一边交头接耳地议论，一边看着公孙先生出场，仿佛预料到有什么事要发生。出来迎接公孙的是一位其貌不扬的短髭男子，他自称受诗人坊的委托，要领教一下公孙大娘的剑术。公孙不无鄙夷地打量着短髭男子，说："就你？""是我。"短髭男子答道。公孙说："你用什么跟我比？"短髭男子说："我当然没有华丽的剑术，可是你一会儿就知道了。"公孙说："知道什么？"短髭男子说："什么是最好的剑术。"公孙说："难道你觉得我是浪得虚名？难道你以为全长安的人都瞎了眼睛？"短髭男子说："我没这么说。不过，也许吧！"公孙点点头，吐了一个字："好。"——接下的事不用我说，诗人们都目睹了公孙大娘认栽的过程，那只是一瞬，只看见公孙大娘的剑在手上像一朵绽放的牡丹。

短髭男子仅仅是从他旁边擦身而过，公孙就样子挺难看地栽倒在地。此后他只叫公孙，再也没人叫他公孙大娘了。公孙大娘是另一个女子，喝酒、浪诗、舞剑——诗人坊为她再度疯狂了起来。后来有杜甫《观公孙大娘弟子舞剑器行》的诗为证，公孙大娘的剑术是可以和诗人坊的诗艺平分秋色，并达到双赢效果的。

敌人

裴皓游历过很多地方，但他还是要回到长安。作为裴氏家族后裔，裴皓得先人庇荫，使他在长安永远有一处大宅在等他归来，而他又以一次次出游与之告别。归来尽管是唯一选择，出游仍是没有停息的召唤，他就在来来去去中与长安保持着若即若离的关系。

裴皓游历过城市、乡野、高山、河流、幽谷，深入塞外、大漠、荒原以及死亡的边缘、废墟、城堡、残破的宫殿和难以言喻的异域空间。他偶尔写点儿诗寄赠朋友，记录所见的景致并随之发出人生缥缈得接近虚无的感慨。裴皓的足迹是公元八世纪个人的游侠史、漂流记、萍踪录。他见过太多的人，自由奔放的、苦难绝望的、沉默寡言的、悄声细语的……他见过会飞的人，生活在树上和悬崖峭壁上的人，还见过羊人，混迹在羊群里。他见过太多的空旷与寂静，像从天外移植过来的。他来到长安，跟商人、举子、诗人、当官的、投亲客、寻求发迹者完全不同，他虽是归来者又像个长安客。他往往身无分文，浪游四海，全凭一支笔能写一手好字，可画绝妙丹青。一把剑既能防身，也能出手锄强扶弱，所以一路走来，尚不至于饿死于中途。进得长安，也有老友故旧洗尘接风。

偌大的长安就像是个驿站，他不会对它投以太多的激情。但长安的公主、贵夫人却愿意待他如上宾，邀请他讲游历的故事。尤其是她们身在长安温柔富贵乡里不曾感受到的奇遇和诡异。那不寒而栗的刺激，使她们对长安的繁华越发迷恋。“这么说，你是真的遇见过一些怪异事物喽？”花蕊夫人问。她的语气看似平淡，却无法掩饰好奇。“应该是的，夫人。”游历者裴皓说。“听说你这次出游到回鹘，能不能说一说在那里遇到什么特殊的故事？”裴皓说：“美貌的夫人，当我在长安，比如像您这样鲜花似锦的府第，我愈容易感觉到大地的荒凉。我甚至无法形容这样一种感受，人类真正所经历的是什么，而抵达的终极又在哪里？这也是我一次次孤身在异乡行走时挥之不去的问题，它仿佛没有答案，只有虚无。当我走在回鹘的古战场，在夕照下的断壁残垣间徘徊时……”

花蕊夫人问：“你相信有幽灵存在吗？”裴皓没有直接回答，他说：“一天傍晚，我来到边塞一个废弃已久的古堡，我想找个可以挡风沙的角落将就一晚。夫人，您是知道的，这种将就的投宿对一个游历者来说是再寻常不过的事。尤其当你在残阳像涂在刀上的未干的血一样的古战场，四周空空荡荡，古堡在战火熄灭多年以后，仍然是惨烈的见证和时间的遗物，尽管它风蚀、破败，但仍不失为是一个可挡风沙苦寒之夜的去处。当我靠近古堡门，听到里面有两个人在说话，粗声大气的，满是愤怒，像在吵架。我是惊奇的，只是还没有意识到恐惧，我想该不是和我一样的不速之客已先行而入了吧？尽管说话的内容含混不清，周围又都是风沙夹杂着衰草的呼啸，但我相信有两个人在古堡里说话。每一个长期与寂寞为伴的人都有敏锐的听觉，我加快脚步往古堡里走，想将吹在脸上和脖子里的风沙摆脱掉，或许我还可以跟陌生人一起燃起一堆篝火暖暖身子，烫壶酒喝。可是当我进入古堡时，没有说话声，连一个人影也没有，我大声‘喂’‘喂’叫了几声，我担心别人以为我是不怀好意的强盗而吓得躲藏起来了。我借着夕阳的余晖在古堡里四下寻找，我的目光终于停留在幽暗廊道里的两副交叉压在一起的盔甲上。盔甲的两个主人只剩下骷髅，在各自白骨架子的右手部位有一把锈蚀不堪的刀。我悚然一惊。他们相互是敌人？一个是古堡守卫者，一个是入侵者。他们在多年以前相遇了，他们彼此并不认识，只是因为互为敌人的关系，他们狭路相逢，只有用刀对话，探寻谁先抵达死亡的路径。他们从一出生就走在寻找对方的路上，并注定在这座古堡相遇。他们根本不知道彼此的姓名，只是刀子认识刀子，他们注定要让对方的刀锋穿过自己的身体。而锋芒远去了，也许又去追赶别的锋芒，只有刀作为废铁和两个给对方带来死亡的敌人的愤怒扔在这里。因为怒气未散，他们的灵魂还没有得到安息，一直争吵不休。吵什么呢？两个原本互不相干的人，被一种强加的名义，设置为必须置对方于死地的人，没有比这更残酷的对个人生命的侵害了。我在古堡里忙了大半夜，用他们的刀挖了一个坑，将两个人的骷髅和盔甲埋在一起，我想既然他们从出生就注定是敌人，那还是不要让他们分开，来世他们应该会投胎为一对好兄弟。做完这件事，我坐了下来，内心反而产生了从未有过的平静，风沙、大漠、衰草、死亡，我已穿过了这一切。”

说完这段故事，花蕊夫人和裴皓都不再言语，只有夫人宽大衣裙上云朵般丰硕的牡丹格外艳丽。

水墨记

长安戴生，貌丑，有才，善画，尤精人物，喜呼朋引伴，图个快活。

一日，枯坐书斋，闷热，心不静，如有磅礴，拈笔蘸水墨，狂画一气，一僧陡现于案上。戴生掷笔，颓然而坐，却听有人呼叫：“砸我脚了，痛杀我也！”戴生闻声转头，见一僧立在眼前，抱脚呼痛。僧责戴生：“你这厮甚粗鄙，事水墨而胸无水墨，难怪貌丑。”戴生见人揭短儿，怒炽，但隐忍未发，只说：“这师父好生无礼！你既来自我笔下，怎能对我无礼？不看你是一僧人，早赏你一顿饱拳！”僧道：“我既是你画的，也便自有一身一体的尊严，你画出我来又掷笔砸我，可见你这人便无尊重心。”戴生说：“那我把你撕了，重新画过怎样？”僧道：“罪过，罪过！”戴生说：“你说当如何？”僧望望墙壁，道：“供着。”戴生也乖，遂装裱，悬挂于壁，见画中一僧面有悦色，戴生拜之，僧愈显庄严相。

又一日，三五酒友上门，戴生雀跃，抱酒持瓢，荤素段子不绝于口，人说：“不如去西市，胡姬劝酒才可尽兴。”戴生说：“这有何难！”提笔就画，胡姬妖娆，脱画而出，牵裙起舞，持酒相劝，一时热闹异常。可惜酒众一群，胡姬只有一个，皆呼少了，要戴生多画些来。戴生迷醉，复提笔蘸水墨，落笔如烟，只是一道烟，什么也没有。再蘸水墨画之，复如此，如是者三，纸上空空，水墨虚无。众惊奇，再看胡姬，亦化烟而遁。

戴生酒醒，一头汗，忙拜画上僧："师父救我！"僧不语，左右酒友皆化成水，化为雾，如空中水墨之痕。戴生身不由己，探手去抓空中飘逝之痕，自己也化为墨痕，如烟雾泡影，随之散去。僧从画中出，口诵阿弥陀佛。

复仇之刃

我从唐人说部中发现一个名叫柳重言的人，他不是一个冷血刺客，而是一个绝望的怀乡者，一个无奈地思念着一个女人的多情诗人。这样的人在鱼龙混杂的长安并不稀奇，他们混迹市井，旁人只是一眼看不穿而已。

柳重言远离豫章故土来到长安，原本是想大隐隐于市，他要忘掉故乡，忘掉豫章的人和事。柳重言因杀人而逃亡，换作他人，都是逃往偏僻的法外之地，柳重言却亡命于人口密集法网严密的长安。柳重言当然是为了女人而杀人，既是冲动也是预谋，这样的事屡见不鲜。雪亮的刀子一经问世，就在寻找握住它并将它刺出去的手，那一刻刀在血里兴奋地尖叫。柳重言显然不是那把刻着春宫图的刀子的第一个主人。只有刀知道它的第一个主人把春宫图刻在刀上，记录下他的故事，主人就和春宫图中的女人被双双刺死于这把刀之下。这把刀也就成了一个魔咒。

当柳重言发现这把刀时，它是晦暗无光的，在一个打着瞌睡的老头儿的旧货摊上，自然是刀身的图案吸引了血气方刚的柳重言，他并不想买刀杀人，只是喜欢刀上刻的春宫图。从那一刻开始，柳重言就进入了刀上的故事，他很自然地遇上了一个妩媚撩人的女人，她使柳重言觉得此生没有白活，死也值了。但女人并没有让他死去，而是要让他去杀一个人。那个人当然是占有了她的生命和死亡的男人，也就是刀的最初的主人。女人要柳重言去刺杀他，也只有这把刀才能把他再杀死一次。柳重言记住刀上男人的相貌，当他按女人告知的地址找到对方时，男人正坐在一座亭子里乘凉，一脸黑气。柳重言知道只要一刀过去杀了此人，那个女人就能和他永远风流快活。柳重言凭一腔热血很快将那个男人杀死。这使他掉入了早已设好的陷阱。豫章的捕吏立马把他围住，他连刺数人，破网而逃。柳重言猜想这是那个女人给他设计的陷阱，他要去杀那个女人。但当他见到那个女人时，才知道是他杀错了人。那个男人是个无辜者，而他不得不亡命他乡。女人说那人将她的灵魂困在豫章，他却向西而去，并说你只有杀了他，我才能获救。

柳重言挟刀一路西行，追杀恶灵而去。历经数月，没想到居然来到了长安，京城的千门万户，长街豪宅，里坊狭巷，使柳重言几乎迷失在茫茫人海里。他突然觉得自己活得既荒唐又可笑，他想努力忘掉自己的身份，并且有幸成了宫城的一个守卫门卒，柳重言打算隐姓埋名在这里混一生。可是那把春宫刀却不肯放过柳重言，它时时提醒他，一个女人在千里之外等着他的解救。每当此时，柳重言柔肠百结，多愁善感，像长安的不少外乡诗人一样，唯有借酒浇愁。一日柳重言在酒肆，见对座一人冷笑地看着自己，他觉得这个人似曾相识，他猛然意识到，这正是自己要追杀的男人！柳重言拔刀朝那人刺去，旁边的酒客和侍者都大惊失色，他们惊骇地看见一个人拔刀杀死了自己。柳重言就是刀上的那个自己要杀的人，他果然被一把刀杀死了两次。

唐人说部中的这个故事虽然漏洞百出，但我每次阅读，都感觉惊心动魄。我几次试图改写，结局可能是在宫墙下的阴影里，柳重言和一个影子决斗，那个影子是春宫刀第一个主人的鬼魂，也是第二个主人柳重言自己，他们在宫墙下重叠了，并且消失在浓重的阴影里。而这一切，都是一个女鬼对男人的复仇。

身份不明

这是发生在公元745年一个秋夜长安崇仁坊的一桩凶杀案，被杀者是乐器铺的老板。奇怪的是杀人者并没有在作案后溜之大吉，而是静静地站在那里等待。

当捕快赶到要捉拿他时，杀手拒捕，与捕快们动起手来。捕快人多，杀手不惧，身上不断中剑亦不倒，好像愈挫愈勇，周围是一片乐器之声。捕快们边打边觉奇怪，仿佛是在跟一个杀不死的人战斗。眼看天快亮了，捕快都能看清杀手的面目了，他才随着即将消失的夜色离开，只是此时捕快们累得连剑都举不起来了，各自只顾拼命喘息。捕吏过去察看乐器铺老板的脸，不禁惊叫失声。原来跟他们打了一夜的杀手的面目与这张脸长得一般无二，或者说他们就是同一个人。

2013年邻国某小镇，一天晚上发生了一桩蒙面人从夜巡的警察身上夺枪的事件，当赶来的巡警朝他开枪射击时，五六支手枪的子弹明明都击中了他的背部，他却仍是奔跑如飞，消失在黑夜巨大的阴影里，有人说，他就是个影子。

虎

长安是一座城墙坚固且防守严密的城市，但史书还是记载了长安城里多次出现过老虎的事件。老虎来自哪里，似乎至今仍是个谜。

有一次老虎是在光天化日之下出现的，先是延康坊传出发现虎踪，随后是胡人聚集的怀远坊，紧接着就闯入了西市。人群受到突如其来的惊吓，四散奔逃，但老虎没有追逐任何一个人，它像带着好奇，东看西瞅。它接近过一个孩子，那是个波斯商人的孩子，老虎接近了他，它的凶猛消失了，反而流露出一种怜爱。当长安的保卫者（执金吾武士巡逻队）赶来——他们带着利刃和弓弩，老虎反而护住孩子，唯恐孩子被弩箭伤害，并用蔑视的目光看着那些威胁性的武器。老虎发出低吼，皇宫里都听见了。这时四散的人们都聚拢过来，一排排拥挤着在手执兵器的武士身后围观，他们大惊小怪，随着武士的进而进，随着武士的退而退，大呼小叫，发出的嘈杂声音既亢奋又恐惧。武士们呵斥，围观的人群也不肯走。武士的支援部队增加了一倍，老虎才被赶出人流密集的西市，但它并没有惊逃，而是从容不迫地踱着虎步，像个置身万军之中如行走于空巷的大将军，步态镇定而缓慢。这时如果武士要杀死它是完全可以的，但他们没有接到杀死这只并没有伤人只是带来恐慌的老虎的命令，皇帝在第一时间也知道了虎讯，也没有降旨捕杀。于是长安城里便出现了一支奇怪的队伍，老虎在前走，它粗壮斑斓的尾巴后面跟着手执刀剑与弓弩的武士们，武士后面是五颜六色的看热闹的源源不断加入的人流。这支奇怪的队伍仿佛是老虎率领的，它由西市向东走，经过光德坊、通义坊，转道丰乐坊，竟然上了朱雀大街，一直向北，似乎要朝皇城而去，快接近朱雀门时遭到羽林军的拦截。老虎掉头向南，走到了朱雀大街尽头便消失了。有人说老虎消失之前回头看了一眼，变成了一个人，走得若无其事。

关于老虎的来由，有人说是术士变的，有人说是从在雨天倒塌的一处城墙跳进来的，可那处城墙及时修复了呀！那老虎就是从城外通向城里的暗渠进来的，甚至还有人说那只老虎是从寺院跑出来的，是一个头陀。事后也有人说金黄的老虎出现在朱雀大街（皇家御道）是吉祥的预兆，还有人说是凶兆——不久就出现了“安史之乱”。

书手

历史上的那些故事本来在此之前十几年就要发生的，可是玄宗和贵妃的故事一直发展到高峰（可惜玄宗急速衰老了，而贵妃还很丰润），他们的音乐才华也施展到了极致（有人说还没有，至少贵妃还有的是创造性活力）。可是历史不能再延误了，那只书写历史的手在史页上虚晃着，再也插不上笔，也修改不了一个字。而上天安排的准备接下来继续书写历史的人已经到位，并且再也不能等了。他清贫，吃得不太可口，营养不良，身体多病，居住条件也不好，更多时候是一家人住在一条破船上——他的叹息和泪水往往掉在水里，鱼不小心吃到了，也会沉到水底，仿佛吞下了秤砣，太沉重了，再也浮不起来，游不动。他的名字叫子美，后来人们都知道他叫杜甫。

他没进过宫，没看过皇帝夫妇合作并亲自参演的“霓裳羽衣舞”，也没吃过宫廷奢华筵席上的珍馐美馔。他也做过小官——主要是看守长安军方的武器仓库。他发现那些他尽心尽责看守的用以保卫京都长安的武器——主要是冷兵器时代的刀剑之类，全生锈了，就像穿了一层褴褛的衣裳。他觉得这样下去长安很危险，会出大事。他想上奏朝廷，告诉皇帝武器库的情况。可他的官职太小了，所写的奏折要经过很多上级部门层层审阅并逐级批示，就仿佛要经过巴别塔才能上达天庭。更何况他的上司是不愿看到下属向皇上反映真实情况的，不仅压下了子美的上书，还认为他是在往上捅娄子，给自己主管的工作找碴儿，便想方设法给他穿小鞋。子美就待不住了，端在手上的饭碗左右摇晃，眼睁睁看着就要砸了，他只好辞了公职，原本是打算到长安荐福寺去应聘做个抄经的书手，可那里人员已满，他只有作别朋友，离开长安。一家老小的生活立马陷入艰难境地。当他踏上漂流的破船，面临生活向何处去的命题时，上天已经把他推上了艰苦卓绝并且步入不朽的道路——那条路在水上。

他当然是对“安史之乱”有强烈预感的人之一，可当那场灾难到来时，他还是感到震惊、悲哀、激愤且茫然。从一开始他就成了“安史之乱”的亲历者、见证者、书写者——“国破山河在，城春草木深。感时花溅泪，恨别鸟惊心。”他仿佛是用上天交给他的笔把那场灾难写到了极致。上天有意让他没有进入寺庙做抄写经书的书手，而是要他做写出诗史的书手。杜甫的一生活得毫无起色，他的诗无不浸透了悲愤和沉痛。

2009 年 5 月我到西安参加“第二届中国诗歌节”，在长安剧院观看了话剧《杜甫》。一坐定，我们就感到杜甫来了，他在十几米的台上走过了他的一生，然后我看见有个影子从饰演他的演员的身体（准确地说是他的临时替身）里出来，静静穿过两边泪水的甬道，从剧场出口悄无声息地走了出去，而演员在台上接受观众带泪的掌声。次日，演员进了医院，据说该演员演一次病一次。医院里专门为他设了个病房，叫杜甫病房——演员一进去就能看见一个患有肺疾、风痹、疟疾、糖尿病等多种疾病身的人坐在窗前，他们合二为一。

统计员之死

东市和西市是长安的两个大市，分别位于唐长安皇城外的东南方和西南方，即唐长安皇城朱雀门外、号称“天街”的朱雀大街两侧的相同位置，左右对称，面积一致。东、西两市的内部都有纵横交错的街道，分别把两市划成井字形，各有 9 个方块。每个方块四面临街，店铺鳞次栉比，共有 220 个行业，热闹非凡。它们不是竞争关系，只是一种良性的互动和互补关系。

东市和西市都要向长安纳税，两市的繁荣就意味着长安的繁荣，两市衰微也意味着长安的一蹶不振，所以东市和西市的市长官阶虽不高，远在它们所在的万年县和长安县的县长的官阶之下，但责任很大。宫里直接过问两市的情况，每天的人流量、店铺开张率、交易数字等，皆要统计上报。两市的统计员老韩是一个貌似萎靡却精明无比的小吏，每天他都能从庞杂繁冗的东、西两市中计算出准确的数字报给朝廷，上峰对他的工作是满意的，他殚精竭虑的样子往往使人一望而知他对每天精细的数字付出了巨大的努力。应该说老韩对自己的外貌和工作也是满意的。这份工作的俸禄虽然不高，却有着来自东、西两市市长按期送来的另例（额外收入），因此他能养得起一个出身富贵之家的善妒的悍妻。他每天下班唯恐悍妻起疑，都小跑着回家。他瘦小而迅疾的身影每天都从熟悉的商铺门前准时一晃而过，由此，一条街上的商铺人家都知道到了他下班的时间。若有一日不见老韩一溜烟儿地经过，人们反而会恍惚，觉得时间错乱了。其实善妒的妻子根本不知道，老韩的公干离不开繁华的两市，也与两市的繁华脱不了干系，他每天要在东、西两市上走走看看，以便获知他所报的数字非虚。而他每到两市，早有人针对老韩的两大嗜好——饮酒与狎妓做好了安排。也就是说，长安的繁华首先落实在老韩身体上，他每天都过得既繁华满足而又殚精竭虑。西市的胡姬酒肆、东市的酒馆青楼都是老韩的光顾之地。

可近期老韩枯坐在公署里，满脸挂着阴晴不定的愁云，完全陷入一堆纷繁而错综复杂的统计数字里不能自拔，他抑郁了。按理来说，东、西两市的市场功能是明晰的，尽管两市都是由商铺、酒肆、青楼组成，但两市商铺经营的货物价值不同，各自服务的人群也有区别。东市靠近太极宫、大明宫、兴庆宫，周围多是达官显贵的住宅，市中多奢侈品和高档娱乐场所，主要客人是达官贵人等少数人群。而西市有大量通过丝绸之路来到长安经商的西域及中亚、西亚等地的胡人，他们的商铺多为外来物品，是一个包括西域、日本等国客商在内的国际性大市场，它有更多包容性，是大众和平民的狂欢之地。虽然西市店铺超过五十家，东市不到三十家，但如此不同的两个市每日统计数字在正常情况下会达到相对的平衡，而东市的数据会略高一些，如果高出太多，这肯定出了问题，会引起监察司的关注，甚至会直接调查，影响东市的正常营业。而西市的数字不能太低，如果太低说明长安的外来客商减少了，是不是西域各国对长安的态度有了改变，有司也会过问。

为了保证两市正常经营，两市的市长都希望老韩对双方加以关照，做到各方面都满意。可近来情况大为反常，西市的数字持续攀高，且不是高出东市一点点，甚至完全是碾压性的高超。老韩开始到两市进行了不接受宴请的、严肃认真的查看，似乎与以往没有异样。整个长安也是一片祥和繁华，听不到一句骂皇帝的话，人们宁可关起门吵架，也不会对朝廷有所不满。这一点，使初到长安的西域人觉得奇怪，在他们国家有牢骚都骂国王。老韩回到公署，预感大祸将至，他尽量不动声色而又心事重重地关起了门，百思不得其解。他精明的极善统计数字的大脑隐隐作痛，那些该死的数字像一团乱麻，不听他的使唤，在繁复错乱的纠缠中不断把他带入更深的迷宫。他忘记了吃饭，忘记了下班，他在令人迷乱的数字里越陷越深。他惊骇地发现繁华的长安正被奇怪的数字所啮噬。而那些数字首先变为绳索，勒住了自己干瘦的脖子，他呼吸越来越急促。

天宝之梦

查阅天宝年间诸多记录与时人文字，几乎难以看出当时从上到下哪一个人有大乱将至的预感。人们都被表象的繁华与莫名的亢奋裹挟着，仿佛上天的绚烂与人世的热闹合二为一，人人都享有着长安的浩荡和壮丽。

据说只有一个看守长安军械仓库的小吏，他发现久藏不用的兵器都锈迹斑斑了，心头浮过一丝忧虑，紧接着他辞职，离开了长安。据说那个小吏名字叫杜甫。也许他并不是后世耳熟能详的那位诗人，只是恰巧同名罢了。然而，几乎在那个小吏辞职开溜的同时，长安皇帝所倚重的禁军首领陈代年梦见有一个声音在提醒他，这个世界正在毁灭，你只能一只眼睛睁开，一只眼睛闭着。他梦见自己正在危楼上，楼太高，他站的位置又窄，几乎要摔下来，他无法挪步，不由得恐惧地趴在楼板上。可他看见皇帝正在和一个武官饮酒，那人相貌丑陋，举止粗俗，皇帝却主动端起金壶为他斟酒，颇显器重与宠爱。那武官满脸挤出笑意，他从皇帝手上拿过酒壶，当皇帝将酒杯递过来时，他置之不理，把酒斟进了自己的杯子，嘴里说：“权力之所以这样迷人是因为它可以轻易被剥夺。”

陈代年心中一惊，他似乎看清了那个武官不是别人，正是手握三镇节度使大权的安将军。他本能地想过去喝止安将军对他所保卫的皇帝的无礼。可他不能，安将军已将自己的美妾私下送给了他。此时欢爱的肉体交缠着，任凭本能的放纵。“睡吧。”他用指头轻抹开她眼皮上的几根细发。“睡吧！我走了。”他说。她感到一条船离岸，她躺在水边，青草的气味，她打了个喷嚏。船不见了，她叫：“玉郎。”他是个英俊的年轻人，面孔像是白玉琢成，温润而细致。陈代年曾对他的朋友崔晚说过一句话：“我不喜欢长安附近的气味。”他对刚来长安不久的崔晚大声地说：“你看看这座大城，它是世界上的辉煌之地，人人都向往这里，人人都喜欢这里，这里的秩序早已是秩序，皇帝有人在当，财富有人占有，美屋良舍各有其主，等你来到长安时好像一切都晚了，你得有新的开始，找一片新的地方，重新命名，从你开始你的秩序。而关键的一点是你没有理由拒绝。”拒绝什么？陈代年没说，是拒绝美妾的诱惑吗？

陈代年从梦中醒来，白马寺的钟声撞开雨帘，好像有无数人牵马在雨中奔跑，大雨如注，从东都跑到西京，原来还在梦里。他的眼里布满了血丝。陈代年猜想自己只能在下一个梦里醒来，朝一个小吏喊父亲。

仆人

我来自狮子国，相对于长安，那是很遥远的国度。一千多年前，我是昆仑奴，一个长安大户人家卑微的仆人。我很少说话，说多了他们也听不懂。但我能听懂很多语言，包括风的语言、刀的语言和黑色的影子的语言。

是的，在绝大多数人的眼里，我是卑微的，他们忽略了我的天赋和技能，只把我看作一个仆人，像一条狗。他们不在意我的相貌，而在意我的肤色。至于我在想什么，包括我的感受，他们是不屑的，因为主人只要我像狗一样的忠诚，以及完美地执行他吩咐的事。

如果我在另外一个时代，假定是一千多年以后的时代，或者不是在大唐长安，我可能是一个语言学家、教授、武器专家、精通格斗术的技击专家，乃至星级酒店的大厨、园艺师、诗人……这不是没有可能的。但我恰好在大唐长安，由于我的肤色或种族，我只能是昆仑奴，只能是虢国夫人家隔壁的大户上官员外家的仆人。我的卑微成了长安繁荣与衰败的佐证。我只是繁华年代的一个活道具。有多少诗人怀抱青云之志来到长安，又像秋天的落叶在地上滚来滚去，他们的才华狼藉满地，为人所不屑，为人所践踏，尚不如昆仑奴，在达官富豪的手上高价买来卖去。

我的主人厌恶诗人，他有钱，是长安富豪榜上的朱门大户之一。一年冬天，他拎着一块大肉喂狗的举止遭到了杜诗人的无情嘲讽，那两句嘲讽他的诗很快在长安流传，令他大失颜面，躲在富丽堂皇的房屋里寝食难安，由此对杜诗人恨之入骨。

一天，他把我叫到跟前，小声交代我把杜诗人像落叶一样扫掉。我知道，只要杜诗人存在一天，我的主人就仿佛会减寿一天，他已把杜诗人当作他生存的大敌。我的主人没法灭掉那两句在耳边流传的诗，但他可以灭掉作这两句诗的人。而我的技击手段对付文弱杜诗人不费吹灰之力。

主人的吩咐我不可拒绝，也没有打折扣的余地，一个昆仑奴就得忠实地履行主人的任何吩咐，何况我从遥远的狮子国被贩卖到长安，我已把长安当成了我的归宿。我不爱主人的豪侈，不爱主人家的波斯地毯、金银玉器、美童娇妾，我心底深处却爱着长安满地落叶般的诗句，这是伟大长安最大的奢侈啊！我愿意作为一个忠仆来到长安，为它打扫落叶都是我一生的荣耀。我怎么能去刺杀一个诗人呢？

那天夜晚我做好了夜行者的打扮，一身黑装配上我的黑肤色，我就与夜晚融为一体了。我潜行到杜诗人的居所，我看见了杜诗人瘦削的脸，听到了他动情的吟哦。我在那里待了很久，听他反复吟哦着诗句。对我来说，那是我待在长安最美的时刻。尽管我是藏在黑暗中的一个刺客，可我听到了内心的光明。在天快亮的时刻，我掏出短匕，用自己的血滴溅红了长安的黎明。

是的，我只是长安卑微的仆人，在诗人如落叶的时代，我不过是一粒尘埃。

子美

子美兄今天就要离开长安了，我专门到公廨告了半天假，我要送送他。想当初他满怀期望地来到长安，用自己的全部激情与才华和天下士子一样拥抱长安，他是那样地信赖这座浩荡、繁华而壮阔的都城，相信在这里能找到一个让他贡献绵薄之力的位置。可是，十年过去了，他的高过长安城门的才华饱受他人的嫉妒、冷遇、轻蔑与奚落，仿佛伟大的长安没有接纳伟大诗人的胸襟，那些把持着伟大诗人通向长安红地毯之路的家伙都是卑鄙的奴才和阿谀奉承的小人。他们仅仅把子美兄当作一个低下的打工者，他付出努力的报酬尚不足以养家糊口。

长安视他如草芥，他思量再三，唯有离开一途。临别之夕，子美兄不无伤心地对我说："这里不是我想象中的长安，也许我把它想得太好，你知道我曾经是个完美主义者，可现在不是了。但我相信世上还是有一个美好的长安的，可它在哪儿呢？"子美兄用充满质疑而又茫然的眼神看着我。我没法回答。我仅是个与他共过事的长安基层部门的小吏，他提出的问题如此宏大，超出了我的认知，我是肤浅的。也许子美兄不需要我的回答，他的眼神里分明有着对我们所在长安的否定。他的告别意味着新的寻找。是啊，那是一条怎样的路呢！弯曲的水路，充满了否定，而又带着新的发现的可能，诱导着多少理想者的求索，子美兄这一路恐怕更崎岖。“我成不了长安的夜莺。”子美兄说，“我没法歌唱虚无。他们也听不懂真正的夜莺的歌唱。”据说夜莺发出悦耳动听的歌唱是因为喉咙里卡了一根锋利的刺，它的歌唱是带血的苦吟。子美兄的思考已经把他引向了更高的路，那条路是脱离长安的，却又是与荆棘之路并行的天路。我想子美兄所说的他们，应该是指长安的权贵吧。是啊，他们已习惯了锦衣玉食，中饱私囊，怎么还会瞧得上一个诗人呢！我忍了很久，还是说出了那句话：“珍重吧，子美兄，珍重你的国宝之身吧！多少年之后，人们总会知道你才是大唐荣耀所在。”子美兄听罢，苦涩一笑，说：“谢谢你的推重，我知道你的话是出于真情的流露，可我这一生只有在孩提时代父母把我当过宝儿，后来只有贫贱之妻把我当过宝儿……”说到这里，我看见子美兄的眼里闪动着泪光。他说：“我怎敢当国宝？我怎配有荣耀？那些都是属于黄金台上的豢养者的。”说到这里，子美兄以袖蒙面，挡住长安的秋风，嘴里说：“就此别过，我登舟去也！但愿山常在，水长流，我会把你的情谊攥在掌心，像携手同游。”

我目视着子美兄单薄的身体登上那只泊于秋水上的篷船，我知道他是有孤愤与悲悯的，他的高贵使他不肯加入长安夜莺的合唱。在那合唱声里，长安的道路都铺满了黄金，哪里还有冻死骨呢？伟大的长安、金碧辉煌的长安、牡丹花开的长安从来不欢迎一位高贵的苦吟者。是的，如果长安的大门没有为他的天才打开，陆地上的路就已经走绝了，他只有在水上行走。一条船像一只脚印，在水上轻轻划开而又合拢，伤口极深。他轻微的一声叹息掉在水里，也是铁石。

礼物

该放过自己的时候就放一马，也不要对自己太狠。但何时又能把自己放过呢？人们只会把自己逼向死路。

虢国夫人的性格一点儿不像自己的妹妹。妹妹即便贵为皇帝专宠，就距帝后之位一步，那个位置空着，她也不想朝前迈出一步，不想去填那个空白。她不逼皇帝，皇帝也不逼她。帝后有帝后的责任，不似贵妃，可以只要欢乐，只要花天酒地和歌舞，只要两相取悦，只要女为悦己者容。

皇帝是知道这一点的，他懂她，所以宠她。而虢国夫人是有欲望和野心的，皇帝只能把她当作秘密情妇，而不能给她太多，否则她会把皇帝掏空。甚至当她另一个更早的情人族兄钊，当他被皇帝赐名国忠之后，凭着小妹，还有圣上的爱屋及乌，而一路擢升到相国之位，虢国夫人欲望的绳索拴不住皇帝，却想把这位族兄拴得牢牢的。然而她在一个约好与之幽会的夜晚，意外收到族兄的一件礼物——一个昆仑奴。

这个昆仑奴不像其他人家的昆仑奴一样矮小甚至驼背，他皮肤当然是黑的，但身材高大，穿着贵重的衣服，显然不像奴仆，而像一个管家。他的言谈举止似乎也经过良好训练，他出现在虢国夫人面前时显得彬彬有礼。昆仑奴告诉虢国夫人："相国有事缠身不能前来赴夫人之约，他为了弥补违约之过，特地送一件特别的礼物给夫人。"虢国夫人闪耀着一双秋波流转的丹凤眼，看看昆仑奴两手空空，面露狐疑："礼物？什么特别的礼物？"昆仑奴从容解开衣服，露出紫檀般结实的发出乌金光泽的身体。

虢国夫人身心触电般为之震颤，脸上突然绯红，仿佛有些害羞，这是从未有过的，连她自己也为自己有这样的表现而感到奇怪。显然她明白自己无法拒绝如此具有诱惑力的礼物，也清楚她接受了这件礼物，在某种程度上等于放了对方一马。面对这件特别的礼物，虢国夫人说："把衣服穿上吧！"

屏风

屏风是可以折叠的，缩小了就成了册页。屏风上可以写字作画，城阙山色河流之美皆可曲折展开，青山绿水、飞禽走兽、仕女、楼宇、舟楫、风花雪月、花鸟虫鱼无一不可形诸屏风，亦无一不可显影于册页，纳于袖中。

宣阳坊有一屏风收藏者，人称老髯，老髯有一副络腮胡，不失修美。其屏风藏品在长安上流阶层亦有声誉。据说虢国夫人曾专门前往观赏。那次她的行迹不张扬，仅是一种私访，她的富丽与高贵都让一袭披纱遮掩了。当她撩开轻纱面罩时，老髯才看见一张牡丹似的面容。她美丽、妖娆，带着偏执的凌厉，而又无比绚烂，但老髯并不知道这位美貌贵妇就是当今贵妃的姐姐、名动长安的虢国夫人。老髯当然是殷勤的，他十分乐意有如此尊贵而美貌的夫人来观赏自己的收藏。老髯说："夫人，我保证您所见到的屏风会给您留下深刻印象，并终生难忘。"虢国夫人说："是吗？你就以为我没有见过更好的屏风吗？"老髯笑道："我不是商人，不是在向尊贵的夫人推荐商品。它仅是我至为喜爱的一件收藏，我很乐意和像您这样美貌和高贵的夫人分享我从藏品中带来的愉悦。也许我不敢说这件屏风是世上独一无二的，但至少在长安，它是珍稀的孤品。”虢国夫人说：“你这样说，让我按捺不住想一睹这件屏风的激动心情，我想我今天应该会不虚此行。”老髯说：“夫人，您绝对会不虚此行的。”虢国夫人道：“既然如此，你就尽快让我见见你的屏风吧。”老髯说：“请跟我来，夫人。”

他引虢国夫人穿过了幽静而雅致的走廊，来到了一间雅室，里面曲折迂回，皆由陈设的屏风形成，如同一座美妙的迷宫。老髯对虢国夫人说道：“夫人，您已来到了神奇的世界。”虢国夫人的目光在屏风上扫着，说：“你是在说屏风吗？我倒觉得长安已是一个神奇的世界了。”老髯指着一扇画着仙阙般被云雾缭绕的宫殿的屏风说：“我是说我给您展示的屏风可能是长安中的长安。”虢国夫人的脸上浮出一丝不易觉察的疑问。她说：“我看得出这屏风是古蜀锦所制，锦上图画也算得上是一流丹青，不过，这种屏风虽然稀罕，可我还是见过。”老髯微微笑道：“夫人肯定是见多识广，再好的屏风也不过是屏风，我要让夫人看的不是屏风的表面，而是屏风内的风景。”虢国夫人说：“你是说我看不懂这屏风云宫仙阙的内涵？”老髯忙摆手道：“不不不！我是说我可以领夫人到这屏风上的云宫仙阙里去游赏一番。”说着，他用手指轻轻叩响了屏风上所绘的仙阙之门，那门竟开了。里面迎出一个可爱的小小使女，恭敬而热情地招呼：“先生，请了。”虢国夫人简直不敢相信自己的眼睛，却见老髯同样在热情地招呼她：“夫人，请了。”虢国夫人半是惊讶半是好奇地走进那扇门，听见老髯在小声问使女：“这次要领我们到哪里？”使女说：“罗马。”

虢国夫人根本没有想到罗马竟然是由一根一根大理石柱支撑的一座又一座宫殿组成的，有金碧辉煌的黄金宫殿、哈德良行宫、万神殿、阿波罗神殿、维纳斯神殿、奥古斯都神殿、罗马剧场、斗兽场、大浴场，等等，全是由精美的石头建成，石头雕成各色裸体的男人和女人。喷泉，石雕的大力神、战神、酒神、美神和爱神，石雕的车马、裙子和杀戮。罗马人是如此的热爱石头，虢国夫人想。在宏伟的皇宫里，使女领着她见到了克丽奥佩特拉，这位著名埃及女王、恺撒大帝的情妇，她对来自东方的贵客表示欢迎，她说：“我能在罗马皇帝伟大的奥古斯都·恺撒的宫殿里见到东方的皇后，非常开心。”虢国夫人纠正说：“不，我想这不是真的，也许这是一场梦，在屏风中发生的梦，当然很美好。不过，我不是皇后，我是贵妃的胞姐。”克丽奥佩特拉听她这么说，更加开心地笑起来，虢国夫人被这种笑声弄得既尴尬又不知所措。克丽奥佩特拉不以为然，扭动天鹅般雪白的脖颈，说：“您刚才说到屏风，东方的屏风，多么美妙，我这里也有一件，您可以看一看。”她把虢国夫人领到一扇同样精美的屏风前，指着屏风上的图案说：“它的美妙不在于外表的图画，而在于屏风内部。”她用手轻叩了几下屏风上画的一座城门，里面应声开门出来一个小小的士兵，虢国夫人说：“这里面是哪里？”士兵说：“梵蒂冈。您可能会在那里见到教皇陛下。”虢国夫人说：“我们要回到长安去。”小小的士兵说：“长安要经过梵蒂冈才能到达。”虢国夫人问：

“你能保证梵蒂冈有屏风并且那屏风不会把我们带到别的地方吗？而那个地方显然又有一件屏风，我承认这确实很神奇，可我担心的是如果这样无止境地循环在屏风里，我还能不能回到长安呢？”

“夫人，您哪儿也没去，你就是在长安的屏风里。”虢国夫人一回头，见老髯笑眯眯地站在屏风前，脸上不无得意。虢国夫人退一步，也站到了屏风之外，她说：“果真是神奇而美妙。”老髯从袖中摸出一件册页说：“如果可能，您可以把这件屏风带给皇上。”

妖裙

虢国夫人是首屈一指的风流人物，在长安艳史上举足轻重。她那袭浩荡的衣裙，充斥着一种吞噬的欲望，像一条海上的鲨鱼，出没在神秘而又魅惑的疆域。长安从来不乏充满野心的男人——尤其是那一批又一批从四面八方（包括西域、琉球、高丽）飞蛾投火般扑向长安的青年才俊——梦想一举成名天下知的诗人、丹青手，怀有政治抱负的科考者，绝艺藏身的音乐人，锋芒未露的剑士，带着淘金梦的胡商，幻术师，年轻僧人，留学者，以及上层的达官显贵，甚至包括皇帝（仅是据说）都拜倒在她的石榴裙下——她的美是浩荡的，是长安的瑰奇镜像——长安就像虢国夫人的裙子。

这裙子是妖，它是一条描金团花的胭脂色大裙，它首先吞噬的就是虢国夫人的身体——丰润的、肌肤细腻的、风姿绰约的，这都是裙子喜欢的美食，能够使它获得满足，并且波涛汹涌——那丰美的身体只是极乐之宴的牺牲品，它成就了长安的幻象。一天，一位叫张萱的画家（他很年轻，也英俊得很，当时还没有成名）贸然敲开了虢国夫人府邸的大门，自称要拜访夫人。门卫回禀，虢国夫人听了对来者外貌的描述，照例召见。“你有什么值得我召见你的理由呢？”虢国夫人说出对陌生登门者惯说的一句话。张萱不慌不忙地向夫人展示他的作品《仕女图》——此类画作虢国夫人见过不少，多是俗艳之作。这位名不见经传的年轻画者的《仕女图》秀劲妩媚，典雅富丽，使虢国夫人眼前一亮。她说：“你是要将这幅画卖给我吗？或者我可以付你一个好价钱。”张萱说：“如果夫人的慧眼能赏识我的画艺，我只想画出夫人的绝代风华。”虢国夫人咯咯笑了，她说：“看来你不仅能画出好画，而且还很会说话。你难道不觉得长安的春天很美吗？”张萱说：“是的。如果没有夫人这样的丽人，长安的春天也会大为失色。在一个画者的眼里，所有的春天都是为丽人准备的，它只是丽人的背景和陪衬。”虢国夫人说：“张萱，你太狂了，你是说春天和我都是为你预备的，让你来画！不过，我欣赏你这种狂！”张萱说：“夫人，我的狂和这份绘画的技艺都是为伟大的长安准备的，它不属于我。”虢国夫人说：“说得好！那么我们还有什么理由辜负长安和它的春天呢？我要去曲江游春，穿上我最喜欢的裙子，骑上我最心爱的宝马，让你施展美妙的才华，把我和长安的春天画下来吧！我会让你名扬长安，让皇帝看到你的画，让你成为宫廷画师，让你风流千古！”的确如她所说，公元八世纪，一个无名画家对虢国夫人的一次贸然拜访，促成了唐朝的一次著名春游，催生了两件不朽的名作，一件是杜甫的诗作《丽人行》，另一件是张萱的《虢国夫人游春图》。虢国夫人是唐玄宗的宠妃杨玉环的三姐，其生活奢侈、豪华而放荡。《虢国夫人游春图》真实地呈现了她奢华的一面。我看到的这幅画是宋人摹本，并非原作，据说原作开始是由虢国夫人所藏，后来几经流转，下落不明。虢国夫人在张萱完成这幅画作时，举办了隆重的宴会，她邀请长安名流来共同欣赏这幅杰作，欣赏画中的美艳丽人，欣赏她。张萱一举成名。只是所有人的目光都注意到画作中虢国夫人的那条裙子——描金团花的、胭脂色大裙，像张开嘴的大鱼，已经吞到了她的胸部，那是一些人熟悉，一些人想入非非的灵魂的渊薮。那幅画，我是说原作，也有可能是被这条裙子吞没了。

据说，有人推断张萱也将自己画入了《虢国夫人游春图》中，即全图左侧最后那位白衣骏马的青年，他的脸侧向位于构图中心的虢国夫人，像一种凝视。但这个推断显然是错误的，张萱确实是将自己画在这幅画中，只是没有人能看出来，除了他和虢国夫人。张萱巧妙地将自己画在图上的虢国夫人的眼睛里，而且这是虢国夫人的主意。她对张萱说："你在看着我作画的时候，我也正看着你呢。"如此形成画内与画外的对视关系与双重视角，这应该是中国画的一个伟大创意，它来自风流大唐的秘密情愫。可惜宋人摹本里没有画出这一点，摹画者根本没有勘破，那是属于两个人的秘密。

尚书房

他们走在尚书府后花园的时候就是几条影子，被看不见的刀切成一条一条的，再转过一座假山、一座木桥，经过水榭，穿过一段回廊，就接近要下手的目标了。可他们现在还在走，院子轻轻松松就进来了，在来这里之前，他们在翊善坊的一个院子里，接受了冯太保委托他们必须在当夜要干的任务，不容置疑，不能出错，以他们（不是一个人，而是三个人，都是一流的）的经验和身手，应该是可以打包票的。但三个人掂量了此行的活计，都没有吱声。

这三个人一个是梨园琵琶手彭昆仑，一个是宫廷厨师刘一徒，一个是东市卖油翁王老六。他们为什么会被冯太保召集到翊善坊来，仨人心里都不言自明。彭昆仑一表人才，风度翩翩，是那种让人有心仪感的人。刘一徒是个一本正经的胖子，有着不苟言笑的脸，牙略龇。王老六是个驼背，但他的手脚都很长，敏捷如猿。那些门廊、楼台、曲径，在他们经过之后，就消失在阴影里，仿佛从来没有出现过。花园里充斥着无数影子，潦草而零乱，扭曲的、横的、竖的、歪斜的、静止的、动态的、变幻不定的，层出不穷。前面有光亮透出来，那是萧尚书的书房，萧尚书每夜都会独自待在那里，他的身影会映在窗纸上，一直都保持相同的姿势，有时一直到天亮。

三个人进去时，首先看见的是一只琵琶、一把勺子、一枚铜钱。它们放在烛光下的暗红色的长案上。琵琶是一个舞台，随着音域的扩展，它的台子不断扩大，它已至无形，又在无形中消散。那个舞台还能飘起来，不是一个地面建筑物，它是活的，会飞的，悠扬、急切、缓慢、犹疑、迅疾——它没有翅膀、羽毛，它又仿佛在天空之河里流动。它的弦受到阻力，曲折、回旋，它灵敏、机警、避重就轻，而至更轻，被随手捉回那个舞台，扣在指间。这就是长安第一琵琶手彭昆仑。

御厨，也只是个厨子。他的勺子搅动，拨、炒，收放之间便成一道美味。味觉是在他手上形成的。判断火候是另一个关键，对时间与温度的把控，他已了然于胸。不是生熟的问题，而是要抵达在味蕾上绽放的美，这才是极致的臻境。御厨刘一徒恪守一个古老而隐秘的约定，他从不尝自己亲手烹制的美味，那对他而言只是一种幻觉，如果他尝到就会消失。

一个圆形铜币，中心是方孔，外圆内方的一枚铜钱。卖油翁王老六使一桶油周而复始像一根线从孔中穿过，当然这纯属一双巧手的运作，包括眼力的精确度与穿透力，以此将时间与空间的运动形成一个宇宙性的循环。那是一个令围观者赞叹不已的、仅仅通过手势演化的世界，是生与死的轮回。谁会在一个细小的孔中停留，而不穿空而过？他像一个深谙宇宙法门的骇客在无边的世界里做着最小的买卖。

此时三个人的绝技如同一则寓言中的三个部分，形成人们习惯隐喻的三重门。那个门里坐着的竟是冯太保，萧尚书只是映在灯光下的影子。

复仇

当然，长安也会发生复仇的事件或故事——也就是说在那些繁花似锦的内部许多不为人知的仇杀与反仇杀的事经常发生，只是没有惊动皇城，或皇城里面明明知道却不闻不问。长安游侠的火并就更算不得什么了，金吾卫们也只管表面发生的违禁之事。

武侯里守卫长安和万年两县的捕尉不会跨越朱雀大街的界限干预跨界的案件。但是刀子和剑不管被谁掌握着，都是不安分的。尤其是那种被称为宝物的刀或剑器，它们因其锋利——吹毛立断或因其特殊金属的韧性——怎么砍杀自身也丝毫无损，更有带着传奇色彩的故事性，那本身就与血腥的杀戮相关。虽然长安表面到处歌舞升平，夜夜欢宴，被称为宝物的凶杀之器已成了长安有身份人士趋之若鹜的收藏品，但是每一把被达官贵人收藏的宝刀（剑）都在做着杀人的梦。

吕贤嗣官居尚书左仆射，是京都从二品的大官，在他的个人诸多收藏中就有一把来自突厥的宝刀。这把刀自然有点儿特别，它是一位大破突厥的将军送给他的，这把刀得自一个突厥首领——那个首领曾用这把刀杀过几百个唐军（有军官、也有士兵），将军获得这把刀后又反杀了几百个突厥人（包括砍了那个首领的脑袋），奇的是这把刀弑杀无痕，即使杀了千百人，刀身仍雪亮晶莹，光洁无瑕，恍如无辜的婴儿或处子。所以又叫无痕刀。当他满载军功凯旋，回京接受了皇帝的表彰后，作为曾得到过吕贤嗣提携的门生，将军把这把杀人无痕的宝刀送给了有收藏癖的吕贤嗣。初次抽出这把宝刀，吕贤嗣看到了一场雪，一片无瑕之白，他感叹，美哉！便让人把刀好生收藏起来。因为收到的类似宝物有很多，吕贤嗣很快将这把刀忘掉了。

这年冬天，长安下第一场雪时发生了一桩血案。吕贤嗣的得意门生之一，也就是那位将军，他乘马车前去平康坊赴宴，被一把飞来的快刀斩下了头，头掉在雪地里，像一只摔破的瓜。此案非同寻常，皇帝交代要吕贤嗣过问一下。当武侯百思不解地将那把不知从何处飞来的刀呈送上来，吕贤嗣从它晶莹的刀身里突然看见一张突厥人带着复仇快意的脸。他心里暗吃一惊，不由说道：“无痕刀！”武侯还是不解地问：“什么？”吕贤嗣敷衍道：“没什么！我是说刀上一点儿痕迹也没有。”

画杀

他是被后世称为画圣的吴道子的同门师兄弟，他没有师兄吴道子有名，有人认为他的画和吴道子相比有过之而无不及。他之所以在画史上没有留下画作和名誉，是因为他参与了一次天宝年间对皇帝的刺杀。尽管那是一次未遂的刺杀，但皇帝下令让他的人与画不能在世间留下任何痕迹，也就是说他被处死了，他的画作——尽管当时的皇帝也欣赏他的画和才华，可皇帝更珍惜自己的性命，皇帝还是把他的画一张不剩全部销毁，就像这个人根本没有存在过。

一千多年后的今天，有个书画研究者——当然，这个研究者首先是个画家，他最为痴迷的是一个人闭门在家临摹唐人的画作，从吴道子、阎立本、张萱、周昉、韩幹、李思训，到王维、韩滉，无一不临摹，有些为他所钟爱的画家的画，他还反复临摹。他自称秋园老人，原在南昌裕民银行上班，为了专心致志于喜爱的绘画，他五十岁一到就办理了病退。在对唐画的临摹中，他隐约发现这些画——山水、人物、花卉、鬼神、车马、鸟兽等各式画图里都藏着一个人——准确地说，是一个鬼魂。隔着这么久的时间，这个鬼魂在画里游走，若隐若现。有一次，秋园老人都觉得鬼魂要破纸而出了，他吓得丢下画笔，一屁股坐在地上。没想到从画里出来的不是青面獠牙的可怕魔鬼，而是一个斯文的白面书生，像白先勇青春版《牡丹亭》里的柳梦梅，唇红齿白的。秋园老人没想到从古画里出来这么个人，就镇定了几分。书生先是施礼道歉说惊到先生了，秋园老人爬起来说："别，你别称我先生，你比我老多了，是我画画的祖师爷。你是谁呀？不像吴道子，也不像王摩诘。"书生说："我的本名和我的画一样早就消失了，为了你我交流方便，你就叫我唐丹青吧。""唐丹青？"秋园老人略顿了顿，"好，那我就叫你唐丹青好了。"唐丹青说："你是知道的，我已经死了很多年了。"秋园老人："那还用说，你是唐代的，现在都什么年月了。"唐丹青微微一笑，说："你知道我是怎么死的吗？"秋园老人说："我不想知道你是怎么死的，我只想知道你为什么出现在这画里，又为什么出现在我面前？"唐丹青说："这些画全部加起来就是我画的一幅画，它们就是我画的草稿，一个又一个的局部和构思，那幅画是所有唐朝画的大成，每一种色彩都是我身体的一部分，都是不同颜料的火焰、血液、毒药和灰烬。是的，我在画的时候就知道它会化为灰烬，因为我是为他——为那个我要杀死的皇帝画的，因为他——我是说皇帝，这个词本身就是剧毒。它无所不在，我画山水，山水有毒；画车马，车马有毒；画牡丹，牡丹有毒；画鸟兽，鸟兽有毒……我在绘画颜料里加了一种剧毒，让皇帝在赏画时中毒，那种毒先是进入他的眼睛，使他瞎掉；再是进入大脑，入五脏六腑……”秋园老人瞪大眼睛，说：“这也太毒了！”“我的这幅画，我把它献给皇帝。你知道吗？”唐丹青放大了嗓门儿强调说，“那可是一个时代的杰作！”停顿片刻，他轻声说，“我也想做一回荆轲，当皇帝面带悦色而不失威仪地出现在我面前时，我捧出了我的画轴。可我的画还没打开，我的手就被一只巨大的袖子笼罩住了，里面有一把刀压住了它，压住了那幅杰作。”唐丹青开始抽泣，“我知道我失手了，是我的画出卖了我，我太心急了，是我的画提前谋杀了我。皇帝自然平安无事，我只是葬送了自己，我太天真了，可也就是这样，整个唐朝的画——那个时代所有画家的画，都成了我的挽歌。”

唐丹青抽泣了很久才停下来，对秋园老人说：“在你反复临摹那些画达到 664 遍之后，我决定出来找你叙述这件事。”

这个故事是秋园老人过世后，其长子——秋园老人纪念馆馆长老楷兄讲给我听的。老楷兄还告诉我，秋园老人此后大悟，遂成一代大师。

暗行御史

事先就有人警告他："不要装神弄鬼，你只有肉身和摆脱不掉的影子，你的影子会出卖你！"他听了，可没真正往心里去。他是个自以为负有天命的人，在暗中一意孤行。他以私访、潜伏、隐形、刺探的方式扎根于长安，主要是为了剔除那些扎在宫廷、王府、宰相府、将军府和坊间的有毒的刺。

他因衣衫破烂、行动诡异而被王府的狗追得落荒而逃，也因貌似一个付不起钱而又对美人垂涎的赖汉被青楼老鸨逐于门外，他是狼狈的。但这并没有改变他的意念，只是光天化日之下，他一改御史的身份而去行御史之职就成了一个笑话。

他到处搜集不轨的行踪与证词，上至三省六部二十四司，一台九寺五监，秘书、内侍、殿中三省，司天台，北衙禁军，南衙十六卫；下至长安的狭巷、暗渠、乱坟岗，无不有他暗行的影子。上达天庭，下问鬼魅，他弹劾过一品中书令李哥奴、身兼四十余职的杨右相，一品的王将军，从二品的大都督、太子少保、光禄大夫，三品的尚书、太子宾客、太常卿、上都护，从三品的羽林将军、下都督、上州刺史、大都督府长史、云麾将军，四品的黄门侍郎、尚书左丞、吏部侍郎、军器监以及权力齐天却不在品级以内的三镇节度使。而他不过是个从六品的小御史，像关汉卿戏词里形容的一颗铜豌豆。那些被他查的大人物个个罪证确凿，但是任他一而再、再而三地弹劾，不仅一个没有被扳倒，反而官儿越做越大，他们最终倒台也不是因为他的弹劾而是皇帝的不喜或威胁到帝位的安稳。可御史一直不停地忙碌，不断重复地潜行暗查私访，出没在长安的巨大迷宫里。他这时候才发现自己像个鬼，在繁华与阴谋极度盛行的长安，他反而是见不得光的，没有哪一级的官员不想置他于死地，但又有所忌惮。弄死一个御史，仿佛是对自己的肮脏勾当不打自招。只有让他不断为自己挖坑，直到在深渊里爬行。那些肥胖、白皙而安享奢华的权贵，无不从高层俯瞰他的疲惫。他也能感觉到肉身的困顿，而自己的影子也会猛然把他压死在长安的一道沟渠里。

金武士

长安皇帝的禁卫中有一支称左右金吾卫，它属于长安十六卫中的两卫。左右金吾卫原指以前站在皇帝两边的大将执金吾——一种人为制造的古代幻象（手执金色画戟、身披金色盔甲的武士，以彰显皇帝威仪，又称执金尉），至今民间的门神在对称性与震慑性上与之极其近似。

长安或者说皇城的金吾卫是由幻象而落到地面乃至市井的另一种存在。它的投影遍及整个长安——必须说明的是，长安分为皇城区（皇宫所在区域）与皇城之外的城市区。长安中轴线即由南向北从明德门直到皇城朱雀门的朱雀大街，以此街为界，分出两大城区，西城为长安县，东城为万年县。两县虽不在皇城区，可兴庆宫又在皇城外的春明门附近。金吾卫的使命一是负责京城的巡逻、警卫，除了皇城还包括皇亲国戚及京都上层官员府邸所在地和所有街道的安全。更主要的一部分是皇宫内部各宫殿与穿插其间的复杂通道、门廊、等级森严的不同地带和各宫门的守卫。这可能是当时世界上看上去最严密的部队之一，服饰、武器、身高、手脚及各部分的比例和外貌都极严格，有着近乎苛刻与完美的要求——这是由执金吾的幻象和仪仗血脉的遗存。所以能做到金吾卫，尤其是守卫皇宫的金甲金戟的金武士，在长安人眼里简直光芒万丈，宛若神祇，既是少女暗恋的对象，又是少年成长为男子汉的标准。只是太平盛世、花开满墙的长安，金吾卫的实战经验还不如西市街头经常打架的游侠。有个游侠曾酒醉后扬言："扒了金吾卫那身皮，我能打他个片甲不留！"而金吾卫的那身皮（服饰）在极具艺术家气质的皇帝要求下，与长安的繁华一样，凸显出相同的审美特质。

这一天，有个小男孩在皇城的朱雀门前经过，他被木桩般站在那里的金武士所吸引，对着包裹在金光灿灿盔甲里的武士满是好奇。小男孩站在高大的武士脚下，仰视了很久，突然产生一个奇怪的念头——他是人吗？小男孩对武士连着做了几个鬼脸，又连吐舌头，想逗武士笑一下。可武士没有反应，眼睛平视前方，小男孩顺着他的目光看过去，只是一条长长的大路，枯燥而乏味。小男孩不甘心，蹲下身捡了块小土坷垃，在手里捏了捏，朝金武士身上一扔，"嘭"的一声，小男孩撒腿就跑。这时从门内走出一位将军，哈哈大笑。金武士纹丝不动，像是睡着了，或者仅仅是一副没有生命的金色躯壳。

走出门来的将军姓康，是一个表面谦卑恭逊受到皇帝重用而内心极度膨胀的三镇节度使，这个胡人巫师的儿子受皇帝召见后出宫，见站立在皇城门口的金甲武士被一个恶作剧的孩子扔出的土块打在身上也木然而立，像一个徒有其表的假人，忍不住笑了。他也围着金武士转了一圈，然后蔑视地用马鞭的手柄捅了捅武士的胸甲，又用力敲了敲武士的头盔。听到金属清脆的响声，武士仍无动于衷。康将军嘿嘿地笑了，心里却惊讶于皇城的守卫如同摆设——中看不中用。这一刻，更加深了他早就产生的谋乱想法。

多年以后，康将军在军帐的睡梦中，见一位金甲武士手持一柄金戟朝他走来，那位武士用金光夺目的画戟直刺他的眼睛。康将军惊恐大叫："金吾卫！金吾卫！"他睁开眼睛，却是一片漆黑。有人举灯到他跟前，他也说看不见，只高喊："点火把来，快点火把来！"在火把的映照下，人们看见了一个双眼流血的瞎子。接着，一堆金光夺目的兵器对他乱刃加身……

车夫

长安是从什么时候开始出现马车的？有人说长安出现时马车跟着就出现了。也有人说长安出现前就有马车了，是皇帝乘着马车来建起了长安。还有人提出反对意见，说在长安确立为京都之前的马车不叫马车，只能算交通工具，与手推车、牛车、船、驴车、羊车等没有太大区别。

长安马车关键在于赋予了皇家与帝都的标志，它是集权力、荣耀、显赫、高贵为一体的象征，比如天子的马车不能叫马车，叫长安御驾，前后有龙骑兵护卫，这就不是马车或交通工具的概念了，而是仪仗、仪式，它与宫殿建筑一样，都在昭示着长安的盛极一时，甚至皇帝的马车就是移动的宫殿。至于诸王、公主、贵族和官员的马车，其装饰与配件各有等级之分。以皇帝马车为最，从马车所配马匹数量、装饰物多少、贵重程度，依次递减。由此，长安的马车与其他地方的马车完全区别而出。为皇帝驾车的马车夫，不仅是马车夫，也是京都马车的总监督，享有爵位及将军的头衔，也就是说，他有权干预所有高官马车的出行，即便马车配饰出现了小小的失误他都可以对高官追责，甚至令其受到最严厉的惩罚。

皇帝李隆基的马车夫一度是由高力士担任，当他年事渐高，则由他的助手——一个身强力壮而又相貌堂堂的年轻人担任。据说他是高力士的干儿子，高力士叫他蝉。也就是说，蝉是除了高力士之外另一个最接近皇帝的人，他又充当高力士的替身。但是史书上连蝉的一点儿蛛丝马迹都没有。可是他救过皇帝还有高力士的命。一次皇帝乘马车出行，仪仗繁复华丽，浩浩荡荡，高力士执辔扬鞭，蝉在旁边，仿佛隐于高力士身穿宽大披风的身影里，但蝉是实际的执缰者。马车行走得张弛有度，平稳而从容。经过朱雀大街中段，阳光下忽然掠过鸟翅的影子，像一撮灰烬。蝉隐约发现马车已然失控，显然中途有高人暗中朝马车的轮轴突然发射了暗器，它直接损毁了马车帝座下的承重中轴，也就是说马车会在失控的疾驰中突然解体，乘车者在马车的骤然解体中，其肉身必然在速度与物体破碎的撞击下遭受灭顶之灾。蝉瞬间做出危险预判，他一手勒缰，一手托住断裂的车轴，以超人的臂力，使皇帝的马车平安脱险，令李隆基又逃过了一次暗杀。

事后，高力士心疼地查看了蝉由于充当了车轴的替代品而血肉模糊的手臂，轻声道："多亏你了，蝉儿。"蝉没做回应，一如既往地一言不发，这正是高力士赏识的。此后，蝉仍然是皇帝马车上高力士的影子车夫，他也没有要求任何荣耀或财富，影子是不吃不喝只会忠于主人的。蝉就是这样，皇帝不乘马车时，他仿佛不存在，宫里没有这个人，长安没有这个人。但是他叫蝉，只有高力士叫他，别人（包括皇帝）都没见过蝉，不知道蝉的存在。只是熟悉高力士的人偶尔见过，这位身上有着太多宫廷秘密而外表云淡风轻的老者手里把玩着一只蝉，玉的，通体晶莹。

牡丹会败，

皇帝会老，

长安会碎，

一切都是时间的展开与折叠。

蜻蜓之死

刘节度使四十二岁那年请高人为自己算过一次命，说他近五年都会很顺，该有的都会有，只是再过三年，亦即五十岁时，他会死于一次谋杀。谁的谋杀？高人手指朝上，刘节度使抬头顺手指望去，有个灰色蛛网，一只蜻蜓撞在网上死命挣扎，看似逃出无望。刘节度使倒吸一口冷气，再看高人那高深莫测的脸，也似蛛网。高人却说："天机不可泄露。"刘节度使诚恳地问："可有什么东西可以化解？"高人神秘地压低嗓门儿道："除非你去长安，做皇帝。"刘节度使"嗯"一声，待明白过来，急摇头，像吐舌头般连吐一串"不"字。

话虽如此说，刘节度使从此心里便没一天不嘀咕这事。他盘算过自己的实力，要推翻现今皇帝万万不可能。刘节度使也想过暗地招兵买马，与一些有野心的家伙联手，他也亲自联络并试探过。最后发现跟人家混一块儿，他只配打工，流血流汗，真到得势那天，当皇帝也轮不上自己。他也根本没有做皇帝的野心，只是想保命，躲过谋杀。他仍是想不通到底谁会谋杀自己。刘节度使内心仿佛陷入了一个怪圈，他列过一个名单，这个名单很长很长，好像没有尽头，他几乎每天都在名单上增加人名。他每加一个名字又会回头仔细看一遍，那些被列入名单的人都是与他有嫌隙或摩擦的人。他反复掂量，觉得这些人也不至于要置他于死地。他甚至想先下手为强，把嫌疑最大的先弄死，可他狠不下心，也拿不准谁是嫌疑最大的。他一个一个名字列下去，发现人人都在嫌疑的范围之内，令他无从下手。刘节度使经常梦见自己遭到暗害——四次被刀砍，七次遭剑刺，两次被腰斩，十三次被下毒，无数次被勒死或憋死。每次感受都很真切，他怀疑那是对他谋杀的预演，一定有人在暗中演习用各种方法谋杀他。他梦见的都是真的，只是他看不见对方的脸。这使他醒来也无从防范。他开始请有本事的人做保镖，同时也练武，主要是练九节鞭。他见人舞过，那东西练好了，舞动起来根本没人能近身。可刘节度使试练过多次，每次都沮丧于那鞭子软塌塌的，毫不留情地准确鞭打在自己身上。他只有狼狈不堪地罢手。也有那么几年，日子过得很顺，他纳了几房妾，岁月静好，他管辖的地方，人称繁华得像个“小长安”，这令他忘了高人曾经给他算过的命。

这日，刘节度使正在府中逗弄架上鹦鹉，忽传有人来贺喜。刘节度使感觉莫名其妙，问：“喜从何来？”来人走进来说：“恭喜刘大人就要五十大寿了。”刘节度使一惊，站在面前的竟是那位曾给他算过命的高人。刘节度使突然发现自己像只蜻蜓，差一点儿就要撞上蛛网了。他一睁眼，原来是午寐中的一个梦。他感觉这梦很蹊跷，就像一个预警。这时刘节度使意识到七年前高人的那个预言逼近了，好在梦得及时。他命人准备一下，明日去长安。刘节度使想，要躲过那个劫难，避难地就是长安，只有长安能庇护他，他虽不能去长安做皇帝，可长安有他的宅子。按朝廷规定，外放节度使在京城都要留有住宅，表面是对他们的厚待，实质上是怕他们拥兵自重威胁到京城，所以朝廷经常让地方节度使单独回京述职并小住，让他们在京城也安一个家。

刘节度使京城的家在安仁坊，同住此坊的还有王大将军，对没有野心的刘节度使来说，回到安仁坊的家里应该是安全的。结果却大大出乎意料，当他带着心爱的小妾回到长安不久就被捉拿问斩，罪名是谋反。他刚喊一声“冤”，“枉”字还没出口，头就落了地。他一翻身，坐了起来，又是一个梦。满心欢喜，可一摸脑袋，项上却是空空的。次日，坊间传闻，刘节度使被人谋杀在宅子里。

独角兽

独角兽是波斯国王送到长安皇宫里的珍奇异兽。它长得像犀牛，躯体也跟犀牛一样庞大，却是通体蓝色，如同晴空之蓝。它有一只角，粗壮而尖利，立在头顶，直指上苍，仿佛在接受冥冥之中的启示。

波斯人视独角兽为半神，但话又说回来，还是有人注意到独角兽的独角因其直立、坚硬，如同锐利的武器，是攻击，也是最好的防守，这是可想而知的。而进一步的发现是将它的角碾碎为粉状，其有夺人心魄的香气，令人有血液加速、怦然心动的感觉，特别是用于女性的脖颈、腋下，散发出的气味妙不可言，极具吸引力。独角兽也的确是以独角散发的气味吸引异性的，这是不争之实。

当独角兽被送入长安皇宫时，自然引起皇帝和贵妃的高度重视。皇帝春秋已高，宫中为他而存在的女子达万人，灿烂而迷乱，为史上之最，而为他宠幸的贵妃年华正炽，美中不足处是腋有狐臭。为此，作为能主宰这头独角兽命运的宫廷主人，很快就忽略了独角兽的半神之能——它的独角能接受上天的启示，而是只关注那只独角碾成粉后作用于自身的实际功效。但是，波斯王在进贡独角兽时没有让使者提醒长安皇帝，如果将独角兽的独角作为药用，会触怒上苍。这是隐藏在独角中的一道秘符。在宫廷取独角碾粉的过程中，没有人注意到那只独角兽的存在和变化，一只没有角的独角兽还能叫独角兽吗！既然独角已没有了，它就像是不存在了。但独角兽还在长安皇宫里，它的体内仍潜藏着冒出新角的种子，只是在冒出新角之前，它躯体的颜色由晴空之蓝变得阴晦，仿佛风雷激荡的前夕。

当独角兽通体变得漆黑如墨时，服用了独角粉的皇帝和贵妃在寝宫的暖帐内产生一阵晕眩，仿佛末日将临。他确实强健如牛，但他看见皇宫的穹顶被闪电撕开，一双大手从上面伸了下来，要把他攫走。皇帝猛然惊醒，贵妃醉卧在侧，脸部如牡丹初开，嘴唇是蓝色的。宫外暴雨如注，如狂兵疾走，发出兵刃碰撞的声音……

梦中杀人

据说，针对敌国首脑实施“斩首行动”很久以前就有了，那时候不是利用高科技武器，而是用巫术、气功、神秘力量等难以解释却同样有效的手段达到“斩首”目的。梦中杀人就是其中之一。

据说安禄山的手下集结了一批具有神秘本领的逆杀者用以刺杀三郎。其潜伏于长安的头领表面身份是一个兴庆宫的羽林卫。他名叫赵白，生就一张冷脸，不带一点儿表情，眼白多，见人就像谁欠了他什么似的。由于出入宫廷，梨园乐手崔晚跟他也熟。一日，崔晚梦见了这个人，他觉得奇怪，赵白怎么会到他的梦里来？这是崔晚还没醒来就产生的疑问。由此他开始留意赵白，发现赵白除了面貌不讨人喜欢，也看不出什么破绽。可一到夜里赵白又出现在他的梦里，他弄不明白这是怎么回事。那些日子崔晚常去兴庆宫梨园排练三郎亲制的新曲，三郎本人也常拨冗前来指导。而赵白是兴庆宫的一个门卫，崔晚进出都能见到他。崔晚在梦中遇到赵白，好像赵白每次都在向崔晚打探三郎的事。由于羽林卫的严格规定，赵白这一层门卫是很难接近三郎的。他三番五次地在梦中提及三郎，而且对细节问得多，这引起了崔晚的怀疑。他觉得赵白对三郎怀有不可告人的可怕企图。

有一次他忍不住在梦里对赵白发问：“你要杀皇帝吗？”话问得唐突，崔晚也吓出了一身汗。赵白冷笑，崔晚发现他的牙齿像一排刀逼向他。此后每夜崔晚都在梦里躲着赵白，而赵白总是穷凶极恶地追杀他。几次差点儿被赵白发现时，他都被一个人暗中搭救。那人也神秘，危急时突然出现，把他带到别的地方，那里好像是个花园，有四季开不败的粉红色桃花，完全似江南园林景象。神秘人隐约告诉崔晚他的名字，崔晚醒来生怕忘了，写在纸上——冯明宽。这个人使他数度脱险。幸亏了冯明宽，使他躲过了逆杀者的梦中追杀。

逆杀者的可怕身份，像被背上披的披风一样掩盖着。只有夜晚，在他熟悉的人的梦里，才会在无意识中被揭开，便再也隐藏不住。他就会每夜在梦里追杀对方，很难有人救得了，除非施救者也有能进入他人梦中的能力。只有极少人知道他是死于逆杀者之手。冯明宽的秘术可入他人梦中，他救了在睡梦中遭到逆杀者追杀的崔晚。

逆杀者赵白的终极目标是三郎，三郎身边有力士带执金吾守卫。三郎的力士高将军虽是个太监，却有不为世人所知的特殊本领。据说他每晚都在三郎的寝宫里，三郎跟妃子们做什么，他都仿佛视而不见，三郎和他的妃子也不避讳，力士守护的是三郎的梦。有力士守护着，逆杀者进不去。三郎睡觉，力士也在身边立着，形同假寐，人却执金锤率执金吾在梦里逡巡，百倍警惕地保卫着三郎。逆杀者不敢靠近，只像影子一样在远处伺机而动，略接近便会被周边的执金吾觉察，立马遭到金锤击杀。表面双手无力似木偶般做样子的执金吾实质上格外厉害。长安繁华，是太平盛世中心，其实暗流汹涌，危机四伏。遭到追杀的人在梦中看不清逆杀者的相貌，即使看到，醒来也会忘得一干二净，怎么也记不清，哪怕逆杀者是自己好友也不知道。更可怕的是，有的人本身也不知道自己就是逆杀者，他会在睡梦中无意识的状态下执行任务，被操控着。一旦觉察，自己也会被组织遣逆杀者处死。所以梦中杀人是有来历的，它不是无凭无据的传说。

逆杀者的职业很古老，不知起于何时，来自哪里。有研究者认为它来自外星，也有人认为它起源于人类一种古老而先进的秘术，被一些神秘的科学家发明并操纵，原是用于治疗疾病，却被反人类组织窃取，用于暗杀。

骑马而来的人

在长安人眼里，那个穿着沉重盔甲，面色泛着醉酒般酡红，好像随时要打仗，装模作样骑马而来的家伙是谁？有人说他是个将军，有人说他像个王，至少快封王了。其实他只是个节度使，不，是三镇节度使，开元天子最信任和倚重的人，他叫安禄山，是个胡人混血儿，背地里人们叫他杂种。长安有他的宅子，在亲仁坊，只是他很少住，每次来京他都匆匆忙忙，不会待很久，一副军情在身的样子。他进宫、出宫却频繁，也拜会京城的高官和夫人，事一办完就走人。可杨相国总是盯着他，不让他走，想把他套在长安，使他跟他的军队分开。有时对他说还有军国大事相商，有时说宫里要举办舞会，少不得他，皇上和贵妃都喜欢看将军的胡旋舞呢！

安禄山外表看着像个大大咧咧天真烂漫的莽夫，其实心计甚多，貌似憨厚的脸上常常挂着一丝狐疑。这次他骑马而来，身后跟着四五个马弁，进入亲仁坊后，他放慢速度，主动笑嘻嘻跟街坊们打招呼。他看见一个似曾相识的人展开双臂扬着袖子，两脚一蹦一跳，满脸春光灿烂地迎面而来。安禄山还没反应过来是谁，一把匕首就随着那袖子撩起的风刮到他胸前。不，是两把匕首，刺客藏在袖里的双匕从左右夹击他的身体。他本能的防卫与武人的敏感令身子往后收缩，而提前击出的右边那把匕首有力地落在他的腿部，锋利地穿过皮质的护甲，钻进皮肉。老安痛得“哎哟”一声，身后的马弁已然冲上前拧住了刺客。街坊立马跑过来围观，愤怒的马弁欲置刺客于死地，他们七手八脚愤怒地吼叫与辱骂着在黄色尘埃里无助翻滚的行刺者，他的样子沮丧而落寞，如同待宰的羔羊。老安大声喝止马弁。他不能当众杀戮，哪怕是自卫。他不能向一个已经降服的敌人动刀子，他要让长安看到他的仁慈。刺客将被扭送进他的深宅进行审讯，人们不会见到他的凶残，只会见到虽被无端刺伤却仍坐在马上带着笑意的将军的脸。他以安抚围观者的手势频频挥动着，驱马慢慢进入自家的大院，嘴里还说着：“没啥事，我啥事没有，挺好的！”仿佛要消解众人对他的担忧。可安禄山在长安自家门前遇刺的事还是传得很快，杨相国几乎在一个时辰内就知道了，并转禀皇上，再三请恩允安将军一心待在长安养伤，伤不好不要回幽州。皇上当即应允，贵妃还特地让皇上派御医到安宅去医治。据说安禄山带伤跪谢，山呼万岁，感激涕零。据说刺客在安家的深宅大院里受到了最严酷的审讯，咬断舌根，至死没有透露一个字。

安禄山因为伤情迫不得已在长安待了三个月，据说这大大延迟了他暗中起兵反叛的计划，而这也正是刺客所要达到的不能将他杀死却要将其击伤的次要目的。在这三个月里，杨相国已布好了一条长安受到攻击而沦陷的逃路，只是那条西蜀之路恰恰是他的杨氏家族的灭亡之路。这是三个月后，当安禄山因遇刺留下后遗症，由骑马而不得不改坐轿，率领着浩浩荡荡的叛军以“清君侧”诛杀奸相杨国忠为名入长安时未曾想到的。

雾之色

白色的雾气在慢慢散去，尉迟宽捏着昨夜酒后董英留下的一纸诗走过来，见董英在几棵歪歪扭扭的松树前练剑，他歪着头怔怔地看着，董英练得出神，也没留意到他。

待董英收剑，尉迟宽走上前去，说："兄弟，给你个机会。你杀了我吧。"董英道："杀了你？我吗？怎么杀？我知道你是叛徒、间谍，我无法信任你！"尉迟宽埋怨道："你呀，在长安怎么混的？我这是给你最后一次机会了，别让我为你焦急。"董英说："有什么好焦急的？太平盛世，你让我杀人，还是杀你，你想死不是可以自杀吗？"尉迟宽笑道："你真没种，练剑是做什么的？"董英反问："你说做什么？"尉迟宽嘿嘿笑道："仗剑写诗做游侠，还不是给人看的？做样子，都是为了出名呗！"

董英用他抒情的语气大声说："出名意味着什么？女人！女人！没有什么比出名更能吸引女人的了，尤其是那些上流阶层的女人，她们吃饱喝足养尊处优，好像只是为了蓄积精力为一首诗而疯狂！有多少人来长安就是为了捞取这样的声名。"尉迟宽说："不管怎样，一个人在长安，他的头等事情是要活命，否则长安的繁华不是他的，只有苦难是他的，要实现长安梦首先要让自己有钱，成一个富人，或起码看起来像个富人，再就是博取功名。”董英质疑道：“你是说偷吗？还是写诗取悦某一位大人像条死乞白赖的狗那样求取某一位大人的青睐？”尉迟宽淡定地道：“我觉得前一种方式比后一种见效更快，也更明显。”他抖开手里的诗笺说：“别以为会写几句破诗就连自己是谁也不知道了！”董英鄙夷地看着尉迟宽，又咧嘴笑了：“看来你怎么变也是个贼骨头。”尉迟宽哈哈大笑，道：“你可是说出了长安的秘诀，在这里，官吏、商贾、女人之于男人，谁不是在偷呢！”他大声说：“这世界上我喜欢的那些美人都老了，可我的心还不老怎么办？那些老美人脸上堆着厚厚的脂粉，也掩藏不住她们的皱纹。”董英道：“看来还是你老了。”尉迟宽从董英手上拿过剑来，舞了几下，身手矫健，董英不由得赞道：“好功夫。”

尉迟宽收剑，举在手中看。尉迟宽说：“我已疏懒了，虽常感人困马乏，但对剑还是放不下。一个男人怎能没有剑呢？你只要站在那里，你就是啊！你要相信你的剑无坚不摧，它才是宝剑，如果你不相信，那么它连豆腐也切不动。”尉迟宽说着把剑递给董英，叮嘱道：“剑生锈了，你要找专业的剑师打磨一下。”董英说：“这是把好剑，我从得来之后一直没有动它，怕损了剑气。你知道它是从哪里得来的吗？”尉迟宽却说：“我只听说过一把宝刀的故事。”董英说：“我手上只有一把生锈的剑。”尉迟说：“过去有个人一心要炼一把宝刀，炼到最后一火时，天黑了，一轮皓月升起，炼刀的炉里突然迸出一道雪亮的毫光，直射天空，这时，恰好有条青龙飞过，被毫光击中，毫光斩了青龙，又退回刀里，龙血浸染刀头，就像淬了火，刀身呈半月形，它就叫青龙偃月刀。”董英说：“我这把剑是从一个病人手上买的。”尉迟宽问：“多少钱？”董英答道：“刚好够他治病。”尉迟宽说：“你用钱买了一个剑客的灵魂。那是个杀人如砍瓜切菜般的厉害角色。”董英说：“我听说他从没杀过人，是个怕死鬼。你把他说成那样，是抬举了他。在我眼里他只是个病人，一根稻草也能戳翻他，他等钱救命。”尉迟宽说：“你还是不懂剑，你不知道你买了什么。”董英说：“我不像你会做生意。”

尉迟宽说：“这跟生意无关。你买了一把剑，它身上的血都凝成了锈斑，你却看不出这把剑的主人的厉害。”董英道：“我就是冲着它的锈才买下的，它吸引了我。”尉迟宽说：“是它选定了你，你会成为一个杀手。”董英道：“我是个诗人，不是杀手。我也杀不了谁，我连一只鸡也没杀过。”尉迟宽说：“一个剑客，充满了初次杀人后的恐惧，血，血，血，他恐惧的是血的颜色。然后为了克服对这种颜色的恐惧，他就不断杀人，要用血来涂改血，最后血的斑块越凝越厚，就成了锈，剑客的血管也堵塞了，这就是他的病。”董英说道：“你又不是医生。”尉迟宽说：“可我知道你是下一个。来吧，从我开始，你有十足的理由杀了我，我是长安的叛徒、安禄山的间谍，我还是一把好剑的试剑石。”

董英歪着头看着尉迟宽，他的眼里白雾茫茫，仿佛早上的雾气全飘进了他的眼里，背后的那几棵松树更加歪歪扭扭，变成了白色。

偷面人

影子部队，由于其隐蔽与机密性，甚至不择手段乃至采用极端手段以效忠其组织。他们的一切行动都在暗中进行，绝不公开，被人称为见光死。公元八世纪，与长安交战的边鄙突厥国曾多次派影子部队潜入长安，伺机暗杀皇帝及皇室成员。

长安同样拥有严密的堪称当时世界上最厉害的影子部队。其目的之一就是用尽一切手段保护皇室成员的安全，用其首脑高将军的一句话来说就是，连一根发丝也不能有闪失。尤其是皇室成员外出时，比如从大明宫去温泉华清宫的路上，不仅外围有羽林军的保卫，更关键的是暗处的影子部队，因为这种出行是最容易被暗敌下手的机会。

据说在 102 次类似的出行中就有 79 次暗杀，但悉数被皇家影子部队在暗中挫败。其中最危险的一次，刺客已成功突破了种种护卫，混入了皇家出行车队里，他就坐在皇帝身后的车骑上。他是怎么做到的？据说是使用了偷面术，恰恰是皇帝贴身警卫首领高将军的面孔被刺客偷取。刺客凭借高将军的面孔以急务禀报之名就要拉开皇帝的马车之门时，被人叫住。叫住他的人正是匆匆赶到的高将军。两个高将军一碰面，另一个便藏不住了，这就是残酷的见光死。原本被偷取面孔的人会处于昏睡状态，可高将军是反影子部队的首领，他一昏睡就在梦中发现一个人对他下了手，他在梦里安装的报警机关，使他能敏锐地觉察并逃脱影子的圈套。这使他成为皇帝最信赖的忠实保卫者，不过，他是一个太监。他知道偷面人用的原是一种古老的秘术，起源于巫咒。偷面人施咒使他人昏睡过去，偷走他人的面孔，冒充他人出入其世界，而那人活在梦里不能醒来，只有偷面人将面孔还给他，才能回到现实中自己的世界。

偷面术过去出现于西域，后来长安坊间有其踪迹。据说怀远坊商人之妻温氏是个出名的美人，被很多男人暗中惦记着，怀远坊正对西市，为各色人等混杂聚集之地。一次商人外出跑生意，就有偷面人趁机对商人下手，再以商人的面孔回到长安。温氏惊喜："你怎么这么快就回来了？"偷面人说："我想你呀！"温氏掩门，两人就睡到了一起，温氏连续三天都没有觉察。又据说安禄山率部攻入长安后，偷面人偷取他手下一副将面孔，在长安寻杀与他有私怨的人，也包括温氏的丈夫，嫁祸于人。

高将军是第一个戳穿偷面术的人，他的高明之处就在于他并没有置偷面人于死地，而是令对方为其所用。在高将军掌控了偷面人那几年里，长安几乎没有偷面人的踪迹。而高将军对偷面人唯一一次，也是最后一次的成功利用，据说是在马嵬坡。在哗变官兵的喊杀声中，他让偷面人用杨贵妃的面目自缢，而真正的杨贵妃随日本遣唐使逃往了海外。也有人说，由于偷面人替代了逃亡者终被杀死，逃出险境的杨贵妃也因不能被还回面孔而死在自己的梦里，这使她最终与皇帝的再度相见变成了幻梦。

皇帝的叛徒

董英奔到终南山，像一只无头苍蝇乱飞乱撞，好不容易在一座不起眼儿的山寺前找到了李将军，那人却说："我知道你是御史台的六品御史董英，可这里没有你所说的李将军，只有一个法号叫一空的僧人。"董英道："你别跟我装了，我还认不出你是谁吗！不过就是剃光了头，盔甲改成僧衣罢了。"

李将军不理他，自顾自地拎一根扁担打算去担水，董英扯住他，火急火燎地对他说："叛军犯长安了，长安危在旦夕！你这羽林卫的统领却躲在山里出家！"李将军不急，因为他是一空。一空说："董御史，你是入戏太深，我已从戏中出来了。"董英说："一入长安谁也出不来，你跑到终南山，终南山也在长安。"一空说："我是出家人，你是我的施主。万般皆苦，万法皆空，哪有什么敌人，哪有什么长安？"董英说："我早就明白我不是好戏子，只是长安这出大戏把所有人都罩在其中，连观众也逃不出群演的角色。"一空说："脱下戏服，我已立地成佛。"董英道："你成不了佛，佛不在你那边，你必须遇鬼杀鬼，见佛杀佛，你的敌人才是你的佛，不杀他们，你永远与佛无缘。杀是剃度，你要度他们，让你的发落地，才是佛。”一空说：“那是你未了的尘缘，你的尘缘不是爱，是恨，恨未了，爱未生，佛未近，你还远，看不透长安也是一道幻象。”

董英道：“你太令我失望了，我以为你出家是为了逃避官场的腐败。”一空说：“长安既是幻象，也就没有腐败。”董英说：“好，世界在你眼里都不存在，也就没有烦恼了。可你手里拿着扁担干什么？”一空回答道：“它什么都不是，只是叫扁担的道具而已。”董英又问：“那终南山和你这山寺还有你这一空又是什么？”一空回答说：“一切如幻，都是假的，无非布景。阿弥陀佛。”董英说：“你是立地成佛了，可长安却要受难。你成不了佛，佛不会抛弃世人。你虽然没准备好，但你必须战斗，没有等你准备好才开始的战斗，这是常识。现实的残酷就在于你用一生一世来准备迎接它其实都不够，只有发生才是开始。你是否还记得，我们从小刻苦读书练剑，学着像个君子那样做人，崇尚的是像为国为民的英雄那样英年早逝，担心的是没有做英雄的机会，现在机会来了，你却做了和尚。”一空道：“做和尚怎么了？”董英说：“做和尚也没什么不好，只是不是时候。长安乱了，终南山也就不是净土。我昨天天不亮出门时，看见羽林军列队整齐，皇帝和杨国忠也在队伍中。”一空说：“那是要御驾亲征了。”董英道：“开始我也以为是御驾亲征，可我眼睁睁看着皇帝的犹豫不决，他先是站在庭前发呆，贵妃侍女全都上了车马。可是他们去的是与迎击叛军相反的城门。他们放弃了长安。”

一空说："我上山之前，杨国忠找过我，他对我说：'幽州有一个位置要你去！'我反问他：'你是要我离开长安？'杨国忠却不咸不淡地说：'我不这么想。'他皱着眉头，仿佛很伤脑筋又转换恳切的语气说：'你不妨慎重考虑，我需要你的帮助！'"董英说："幽州是安禄山的地盘，他让你去干什么？做他的间谍、探子，还是做皇帝的叛徒？这也太明显了吧！"一空道："杨国忠告诉我：'你腐蚀了一个人，却挽救了几千人沦为盗贼的命运。'我不知道他这是什么逻辑。"董英说："你去幽州只有一条路，那就是做皇帝的叛徒，不如此不能存活，否则就是送上门让安禄山杀了你。"一空说："我知道杨国忠是要把我挤出羽林卫，挤出长安，这样羽林卫就可以按杨国忠划定的路线拥皇帝入蜀而去。"董英说："本来你是演武戏的，结果演的是文戏。"

一空道："给你个机会，你会杀我？"董英说："如果你是叛徒、间谍，我也无法信任你！"一空说："看来我是该下山了。快让人将终南山的布景换成马嵬坡，让观众看一看一个叛徒是否还能变成英雄！"董英说："你追不上皇帝，即使追上了，杨国忠也会把你以叛徒的名义处死。"一空道："我回到羽林军，没准羽林军会杀了杨国忠。"董英说："杨国忠可是皇帝的宠臣和贵妃的族兄啊！"一空道："杨国忠一死，贵妃也不能幸存。"董英说："那将置皇帝于何处？"一空说："杨国忠不是早就设计好了吗？我是皇帝的叛徒。"

天使消亡录

据说唐朝的时候（主要是天宝年间），长安一度还公开生活着一群天使。由于长安的开放尺度，天使们可以公开袒露自己的翅膀和飞翔的秘密，这一点儿也没有造成人类的自卑和混乱。

大气包容的长安人只把天使当成一个族群，像对待波斯、大食、粟特等人一样，表示兄弟般的友好。甚至招待他（她）们来家里做客。有的天使还秘密地和长安的少男、少女产生了恋情。据说皇帝还考虑授予他（她）们官职，让他（她）们管理飞翔的事物，比如鸟族，避免它们的纷争，使天上地下的长安都和谐相处。天使还帮助人类创造飞行物，培养飞行员。长安人生的孩子也开始叫问天、开天、乐天、中天、少天之类的名字。

天使不吃人间食物，尤其是肉类和饼子，怕增加重量，影响飞行。他（她）只偶尔饮一点儿酒，主要是吃一些很轻的东西，每天黎明会飞到树上或更高处吃露水和彩霞。他（她）们热爱音乐，欣赏诗歌和绘画，这跟长安人非常相似。

可是当长安出现了心怀叵测、阴谋作乱的将军以后，阴谋者逐渐开始挑唆人类与天使之间的关系，有意暗杀一些受到长安人热爱和尊敬的诗人、长者和僧人，盗窃财宝，然后栽赃到天使身上，又激起民愤多次制造冲突，造成多起刺杀、刺伤天使，甚至群体绑架天使，砍掉天使翅膀的事件，使长安人和天使之间产生了敌意，天使们不得不飞走。

由于失去飞行能力或自愿留下来的天使也被迫隐遁。而那些对天使怀有善意的人们也不得不把这份友情藏在心里。从此以后，仿佛天使未曾来过人间，未曾在长安有过生活史。一天，在长安做左拾遗校书郎的年轻诗人李少天，下班路上遇到一个貌美的女子遭一伙游侠（实质上是地痞流氓）的调戏，李少天毫不犹豫地冲过去挡在女子面前。一个鼻孔朝天的游侠指着他的脸说："你算哪根葱？敢来管哥们儿的好事！"李少天说："我算不得什么，只是看不惯你们欺负一个弱女子！"游侠挥手一拳打到李少天脸上，恶狠狠地说："我就揍你这不算什么的东西！"并吼叫："哥儿几个，上！"众人就要继续纠缠女子，李少天一边拼命阻拦，一边叫那女子快走！为首那个丑家伙拔出短刀，揪住李少天，说："想见血是不是？！"说着，一拳把他打倒在地。女子见状不跑了，大声呼救："要杀人了！"巡街金吾卫闻讯赶过来，当即把几个人渣扭走了。女子上前扶起李少天，帮他擦脸上的血迹，李少天反而关切地问："姑娘，没事吧？"女子只说："你怎么样？"李少天以手撑着地，想努力站起来，可腿痛得他直咧嘴，还逞强说："没事的，没事。"女子用力把他搀扶起来，说："我家就在不远处，先去我家。"

李少天忙摆手："不不不，那太唐突了。"女子搀起他就走，说："都伤成这样还唐突什么呀！"李少天只好一手扶墙，一手靠女子搀着，往巷子深处走去。

他们转弯推开一扇门，又随即合上，进入一所寂静的院子，从外面看，院落隐秘不起眼儿，里面还算宽敞精致——曲廊、花径、山石、流水……李少天匆匆扫一眼，已觉营造得别具一格。女子扶他见到堂中的两位老者，一男一女，却各自少了一条臂膀，男左女右，虽白发盈头，却气度不凡，一看便知非普通人。女子便有那种气质。她说："爹、娘，多亏这位先生让我免遭一帮恶徒欺负，他却替我受了伤。"二老赶紧上前又说感谢又忙着拿疗伤物品过来。李少天要施礼，老者说："免礼了，你是月儿领回家的，就别拘泥了。"由于两位老人各自只有一臂，做起事来很是费劲，经过一番包扎之后，让李少天坐下。老者说："很可笑吧？你看看我们都是断臂老人。"李少天说："不不，怎么会呢？可这又是怎么回事啊？"女子说："别问了，我们是天使，才会遭人攻击。长安已经不欢迎我们了。"李少天大悟，说："你们没走？不是说你们能飞吗？"老者说："我们的翅膀都被人砍了，还飞得出长安吗？"又指着女子说，"月儿为守着我们，她也不肯飞走。"李少天看看那叫月儿的女子，只听她说："我们之所以是天使，是因为有着干净、纯洁的灵魂，没有沉积于身的污垢，所以我们才能轻松地飞起来。"李少天问："如果人能有翅膀是否能像你们一样飞起来？"女子摇头，轻声吐出一个字："不。"又说，"你们太沉重了。”

这时外面传来凶猛的砸门声，月儿说：“他们还是找上门来了。”两个老天使对视了一眼，不约而同地催促月儿：“你该走了，走吧！”二人霎时变身为两只断翅的老鹰，朝破门而入的一伙持刀恶徒扑去。这场厮杀是惨烈的，老天使与恶徒同归于尽。门外不远处还有凶狠的声音传来，像一场蓄谋已久的叛乱已经发生。月儿哀泣着立在那里，看着惨死的两只鹰，说：“我们只是同伴，一同从遥远的地方飞到长安，听说长安有诗歌、音乐和绘画，是最美好的理想国。它确实是这样的，又确实不是这样。”

这时，叛军狼嚎般的声音更近了，外面有房子烧了起来，哭声、杀戮声与喊叫声就在门口。李少天大声说：“月儿，你快走！”这时月儿反而冷静了下来，她若有所思地说：“走？天上也有理想国吗？我们找过，它只是空空荡荡的飞翔之处，我们没有地方可以停止飞翔，就像天使的命运只是翅膀，只有飞，飞才是自由。是啊，只有飞，飞，飞。”她张开白色的翅膀，像一场雪，纷纷扬扬，细密而忧伤。背后是即将沐浴在血光中的城市，她说：“如果长安还有什么值得我眷恋，那就是你。”李少天说：“走！月儿快走！”她的双翅扇动，缓缓地，一下，两下，三下……像是在挥手告别。

农事诗

农夫早起挑粪，嘴里哼哼唧唧唱着村曲歪歌，抬头，擦眼屎，看到了白雾过后的山冈下从黄色坡地上漫过来的大面积的军队，密密麻麻的骑兵、步兵。

安禄山的部队行军毫无队列可言，骑兵、步兵散乱无章，漫山遍野，他们穿着不一，兵器五花八门，却行动迅速，前方一出现攻击目标，他们就会像野兽一样齐扑过去，把它撕破、咬碎，吞下肚去，但这些野兽好像永远吃不饱，他们疯狂追逐更大的目标、更肥的食物——长安。

安禄山在范阳发兵长安前，请女巫进行了卜卦，女巫以牲血涂在他的额上，嘴里发出唱诵般的喃喃声："只有神才能够打败长安，我看一位神在我面前，他是神王之子，他是长安城的克星！"安禄山的嘴里也随着发出莫名其妙的声音，仿佛是在用他家乡的土语叫："母亲。"安禄山并不知道，所有他年幼时信任的人，都被他的女巫母亲暗中除掉，他几乎是像野兽一样在孤独中长大。

灰暗而凶悍的军队如同从黑暗里释放的邪灵，旗幡招展，战车辚辚，安禄山联合同罗、奚、契丹、室韦、突厥等族组成共15万士兵，号称20万，以“忧国之危”、奉密诏讨伐杨国忠为名进发长安。据说这支古怪而庞杂的军队里有会飞的怪物和法力强大的巫师，邪恶且凶狠异常。

安禄山被百姓传说成是骑在凶悍白熊上的赤膊长毛的野蛮人，手执鬼头大斧，青面獠牙，率领叛乱的野狼军团横冲直撞。他的军队里有飞熊、飞豹，是他的两员手下战将，被传说成了怪物。朝廷官军根本阻挡不了，他们所到之处，杀人吮血，官军胆破，闻风而逃。其实安禄山彬彬有礼，爱好音乐，他肥大的身躯让人觉得宽厚、踏实，还有些腼腆。正因如此，他颇讨同样肥美的贵妃的喜爱，认他为干儿子，也由此得宠于皇帝。在他们眼里，安禄山是无害的，唯独杨国忠看穿了他的祸心。安禄山虽胖，也不英俊，但他有一绝技就是跳胡旋舞，可以使自己像陀螺一样旋转。谁能想到，一个胖子能够有如此敏捷的身姿，他旋转的身体就像一道幻影，在宫廷里能够迷倒美人和皇帝。或许这也得于女巫的天授。据说美人杨玉环从族兄杨国忠口中得知安禄山起兵造反时，她根本不相信。“他是我的义子。”杨玉环说，“我内心仍相信他不会背叛我，因为他没有理由背叛我！”杨国忠叹了口气：“妹妹，你是不敢相信！你太天真了，背叛还需要理由吗？他若是冲着我杨国忠一个人来，犯得着兴师动众吗？你要做最坏打算，这个安禄山是借着我杨家待他不公为名来攻占长安的。即使他是你的义子，你知道他的险恶后，也会感到失望。”杨玉环说：“他前些时候还让人带给我问候呢！”杨国忠说：“如果我是你，我亲爱的妹妹，就会让来人告诉他，我会以鲜血来答复他！”

一个村童大冷天蹲在溪畔垂钓，他看见一队骑兵过来，黑色马匹，红色披风，肩扛沉甸甸的长兵器，从村童下钓的溪水中涉过，水花四溅，清净的溪流顿如泥汤。队伍不发一言，只偶尔有马嘶，他们从土道过来，斜插入溪，前面马上的是位面孔严肃的首领，一个骑在马上的脸膛发红的大黑胡子将军经过村童身边时，朝他做了个鬼脸。村童觉得他像村头喝醉了酒就打老婆的酒鬼老五。这支队伍很长，后面的辎重马车像笨拙的熊，缓慢地挪动自己的脚步。泥水溅在村童满是稚气的脸上，那是一张沦落凡间的天使的脸。一些在过去曾经汹涌澎湃的伟大河流，现在只是小溪，有的勉强算条水沟，先辈饮马磨剑并且跨过的痕迹皆无，只留下想象。

清风堂里，人们一如往常地练武，三三两两对打，崔晚赶过来邀请白铁樵帮忙保护公主，他对白铁樵说：“长安最美好的时光已经过去了，血腥和黑暗的时刻正在来临。”有武师说：“这份血腥不该由我们来承担。”崔晚说：“你是长安人，你享有过它的富足与繁荣，但现在必须要你承担它的苦难。”武师说：“我们是老百姓，叛军跟我们没仇，他们要杀也是杀当官的。听说皇上要讲和。”崔晚说：“叛军是要来破城的，会死很多人，幸免者永远是少数。他们这一路是在尸体上进军，以乌鸦的翅膀为指引，长安有可能玉石俱焚。”

所有战争的开始也都是灾难的开始。士兵对阵，在寒雨里，不断有被刀剑砍翻的肉身栽倒在烂泥里，烂泥如溃疡的肉。两军在上面厮杀，战马也露出惊恐的眼神，迅疾的刀剑收割大片肉身与头颅，血浆在刀剑扬起的瞬间跳荡在空中，像血红的翅膀飞舞起来，带走一个个战士的性命。风在寒雨里发出鬼哭般的吟唱，湿滑的泥浆和抽打在地上变成浊黄色的雨水搅乱了整个战场，又像绳索般把拼杀的战士捆绑在原地，加剧了厮杀的激烈与残酷。

叛军的马蹄响在城外，街头上的行人就炸了锅，像没头的苍蝇乱碰乱撞，发出裹着布的肉身在大力作用下接触时坚实的声音。如此失控，如此盲目，一具重病似的躯体撞在另一具上，有的跌倒，又赶忙爬起来，带着黄色尘埃疯狂跑动，又撞上另一具移动的身体，仿佛彼此成了对方的墙，越想奔逃，越逃脱不了。风扬起黄土地上的滚滚尘埃，仿佛万古如斯。又到了两军搏命时刻，黄土如广大的棺床，尘埃翻卷着似浩荡尸衣，而鲜活的肉身在未进入死亡之前，尽量包裹在坚实的盔甲里，露出的眼睛、嘴唇和手最先接触到死亡的气息。它在逼近、在逼近。尘沙击打着士兵的头盔，他们面色阴郁。两军相逢仿佛死神在牵引着双方的刀剑击刺对方的肉身，解开血的封口，让炽热的液体狂喷，又交给死神做生命的仲裁。战云密布，日月无光，那是死神在摆弄他的棋枰，除了他，没有获胜者。在长安城下，战车的轮子已经陷入了黑暗的泥沼，冷铁的牙齿咬住了它，帝国的旗帜卷入了它的车轴，它卡死在凝固的黑暗里。那万古不变的长夜把最勇猛的将士最先纳入它的怀抱。长安城头的日色被一只乌手遮掩，天空飘荡着灰色的羽毛，那是帝国的余烬，如藏在黑暗中的挽歌被一寸寸释放，在空间旋舞并且弥漫开来，那是帝都步入死亡的旋律。

叛军像铁车一样隆隆移动，绞肉机在推进，逶迤指向远处的山峦，皇帝逃亡的方向。军队的旗帜鲜艳如血，在暗青与粗重的空气里艰难滞涩地翻卷。被攻陷的大城凛冽、惨白、苍茫，烧焦的树木如死海里裸露出来的狰狞的化石，仿佛繁华内部的真相，到处都是灰烬、黑雾、蓝烟。马蹄深入泥浆，把污浊溅起。雪白的如同神物般的马的身体在黯然的废墟间闪亮如银，一掠而过。

宁静的早晨，太阳还没有开始翻动黑暗的土地，鸟雀在枝杈间发出一天里第一声啼叫，格外清寂、脆亮。神的翅膀慢慢地移过树木和屋宇，在河水上稍作停顿，瞬间在泛出黄色的河岸消失。一辆马车慢吞吞地走过，像是拉走了一整晚的沉重黑暗。天大亮了。死神用尸体和盾牌铺满土地，用滴血的斧钺来检验战争的收成，刺鼻的血腥气在冷空气中浮荡，仿佛死神的手掌在抚摩，黑雕和野狗在分享死神的餐桌，锋利的箭射疼泥土的神经，被鬼王砍下的头颅成了最高供品，摆成了死亡的山冈。潼关之战，帝国守长安的军团败溃，叛军打开了通往帝都的最后一道屏障，直驱长安。

陈藏器在杀柳重言之前还在跟他论诗，关于诗的“意”与“象”，他们有不同看法，谈不到几句就争论。尽管如此，二人都敬重彼此对诗学的执着与不苟。“我今日杀你，不是因为诗，不是因为以往的诗学争论。”陈藏器说，“而是因为我们所事的主子对立，如果我们能够共事，一定会是好朋友。”柳重言一笑：“换我站在你的位置，也会这样做。”陈藏器叹一口气：“遗憾呀，以后再没有人因为诗跟我争得面红耳赤了！”柳重言不语，脸上始终带着笑意，仿佛面对今日的结局既无怨恨，也无悔意。

那颗头是带着笑意被砍落的。一日之间，不知长安有多少颗好头颅被砍落，像狂风扫落叶。繁华伟大的长安曾经被多少杰出的脑袋照亮，随着它们的凋落，长安将陷入浓重的黑暗。“你知道吗？”陈藏器对监斩的陈代年说，“长安那么多伟大的人都死于我们手里，他们活着的时候也许卑微，但他们的诗在将来会令他们伟大，比那些皇室贵族、有权有势拥有财富的人更伟大，我们腐烂得化成泥土了，他们还在人们口头上活着。”

塔

长安的塔里藏着另一个世界。塔内的长老是另一个世界的守门人。长安繁华太平的时候，没有人想到那座塔，偶尔有人想去游玩，一想到塔里是另一个世界，又退避三舍。守塔的长老对游人笑而不语，从他的表情看，绝没有拒绝任何游人的意思。

登塔的人还是有的，从第一层登到第七层塔顶，一层比一层小，与从塔外看到的三角形建构是一致的。每一层都有不同的洞天之感。在顶层，长安 108 坊尽收眼底，它们几乎是匍匐在地上的，那么矮。皇城的宫殿色彩鲜艳，像一些做工精巧的蛋糕，人如蚁。有人说到塔上看过长安之后，觉得那些繁华都是假的，令人无端生出一些惆怅或空虚，觉得人生也没啥意思。但从塔的视角看到的更引人注目的还是塔，长安城里只有塔才带着一种遗世独立、不被红尘所扰的尊严。总之登过塔的游人几乎没有谁发现里面还藏着另一个世界。

物理的定义使寻常人更相信眼见为实，看不见的皆为虚妄。但是长安城里毕竟还是有高人，高人知道守塔的长老手上有着打开塔里的另一个世界的钥匙，只是含笑不语的长老不会轻易向游人开打开密钥。据说高人有幸通过他异于常人的方式，获得长老的信任，探访过塔内的世界。据说当长老为他开启塔内的另一重门，七层的高塔，每登上一层都发现比下一层宽阔，这与外在塔的构建相反，十分热闹，却并不拥挤，因为有足够大的空间，一层比一层绚烂，当到了顶层，则是一个无限宽广的世界，人伸展双臂就可以飞起来。高人亲眼看见许多男女在那个世界翩翩飞翔，自由自在，仿佛获得了极乐。他正要伸展双臂，被长老拦住，一把拉了下来。高人在诧异之时，不容分说，就被长老赶到塔外，再也不允他进去。

据说“安史之乱”时，长安被攻破，叛军兽性大发，见人就砍，皇帝带着家眷在一个像平常一样人们尚在熟睡的黎明被禁军护卫着悄悄逃离了长安。而留在长安的市民，包括大部分未及时出逃的皇亲、公主和大批官员，对突如其来的浩劫惊慌失措，108 坊平时防护严密，但那是防百姓的，叛军攻来，厚重的看似固若金汤的城墙和皇城就像一捅就破的纸。到处都有人被杀，到处都是鬼哭狼嚎，长安一片狼藉。据说有一部分人逃到塔前，长老毫不犹豫地打开了门。据说以前进去过的人觉得塔里比原来要大，只是长老对进塔避难的人交代，不可上到第七层，否则永远出不去。总之，当时有多少人进了塔里避难，慌忙之际没有统计，但据推测，动乱中没受到伤害的长安人，十之八九都是在塔里躲过劫难的。塔里的空间究竟有多大，可想而知。可还是有那么几个人，没遵守长老的叮嘱，偷偷爬到了塔的第七层，随即消失了，这是他们的亲戚或熟人事后才发现的。

据说高人没有进塔，为了让更多难民逃入塔内，高人在路口阻挡叛军。在最后一个逃进塔门前的难民的回望里，高人被乱刀加身，重创倒地，紧接着瞬间被剁成了肉酱，而堆砌在他周围的是数不尽的叛军尸体。高人后来被称为义人，长老和他的弟子把高人的灵魂迎进了塔内。

断头将军

身为羽林卫总管的陈将军知道长安存在着随时准备叛乱的影子部队。这支部队在长安的108坊都留下过蛛丝马迹。但潜伏的部队有多少人、由什么样的人组成、什么时候有可能发生叛乱，这些都是谜。

有情报说影子部队成员多半在上流社会，官员、贵胄、富商、士人及名流里都存在，有的公开身份有可能是御史台御史或者户部侍郎、兵部侍郎，有的可能是皇室的亲属，有的可能是家财万贯的体面商人，有的可能是梨园名伶，有的可能是小有名气的诗坛圣手……总之有实力和影响力，足以给长安的局势带来动荡，如果与外部敌对势力里应外合，后果不堪设想。也有情报说影子部队成员主要是胡人、羁留在长安的异国人，还有道士、僧侣、残疾人及进京赶考的士子。还有情报说影子部队组成者都是京都的公子和小姐，以及野心勃勃又权力失落的亲王、废太子、世子和公主。更有离奇的情报说影子部队里都是一批武功深藏不露的老人，有的是早年曾服役于宫中的带刀侍卫，有的是由于年老色衰被逐出宫的宫女，有的是因为酗酒过度而醒不过来永远不认识家门的老酒鬼，有的是孤苦伶仃的老太婆……

还有情报指出影子部队不是人，是所有冤死者灵魂的叠加，它们昼伏夜出，游荡在长安街头，尤其是月圆之夜，它们的影子就会从城墙里出来，飘飘荡荡齐聚宫前广场。如果有人撞上了它们的影子，就会从这个世界消失，成为它们中的一员。

据说有值夜的羽林卫看见那些月光之下的阴森影子，有的没有头颅，显然是生前被砍掉的；有的受了腰斩之刑的，只剩腰部以下的身子；有的是受凌迟的，影子一直在痛苦扭曲、战栗；有的是经过绞刑的，脖子上拖着一根绳子，很长很长，好像另一头被谁攥着。

天哪，这是支怎样的队伍啊！它们怨气冲天，在每一个宵禁之夜仿佛要颠覆长安，把整个宫城变成它们的世界。而只有在繁华热闹的上元节之夜，满街花灯，火树银花，鞭炮声声，焰火冲天，人欢马叫，鼓乐阵阵，歌声连天，才看不到一点儿影子部队的痕迹。

据说它们最怕的就是夜晚的热闹与繁华，这种时候那些鬼魂会因恐惧而藏得死死的，不敢出来。所以宫里会经常组织盛大歌舞与热闹的夜宴，鼓乐和歌声连绵不绝，皇帝亲自担任梨园的班头，并乐此不疲。贵妃娘娘也亲自加入舞阵，一出出大型的《破阵乐》和《霓裳羽衣曲》连绵不断，声震长安。

这一切在羽林军总管陈将军不断更新的情报里反复出现，影子部队的痕迹遍及 108 坊和皇城的宫殿。有时陈将军忧急于心，感到事态严重，可又无从下手。他那武装到牙齿的羽林禁军对神出鬼没的影子部队如同虚设，三万羽林却成了真正的无所作为的影子部队。他本人则是个断头将军，只是不记得这头是哪天断的，因为他没有了头，也就失去了记忆。

虢国夫人的行板

1853年3月6日夜晚，威尔第携歌剧《茶花女》在威尼斯凤凰（又名“火鸟”）歌剧院首演，轰动一时。威尼斯甚至为其成功演出而在夜空放起了璀璨的烟花。威尔第站在歌剧院外的湖边，他没有抬头看烟花，而是看着烟花倒映在湖中的水巷，绚烂、瑰丽而神秘，一条贡多拉穿过一个个桥洞，仿佛带着他游历如梦的长安。威尔第先生一度为此寝食难安，他因那一个个来自遥远长安的乐符激动不已。好了，这里我要说到长安宣阳坊虢国夫人杨玉瑶宅邸面向街市的外院墙。

在这面墙上，经常会发现有好事者画的一个男人跟一个女人的图案，色彩浓烈，画风大胆而夸张，意思所指让人一望而知，引起行人驻足围观。管家发现后，唯恐惊动夫人，总是悄悄让府佣赶紧擦抹掉，两个府佣拎一桶水过去，看见那画，先是吃惊、对视，而后赶忙用布和刷子擦抹，又用水冲洗，嘴里还不断驱赶围观者：“走开走开！这又不是菜市场！”墙上的画已不见踪迹，恢复斑驳的赭红。不几日画又出现，又冲洗……如此一而再，再而三，终于惊动了虢国夫人，她问：“怎么那么热闹，像看戏似的？”管家说：“没什么，夫人。一些闲人无聊取闹罢了。”虢国夫人：“怎么个无聊取闹法？我去看看。”管家知道拦不住，只有让人拎水桶带刷子领夫人出去。

虢国夫人站在门口，看着墙上画着一个妇人与男子的壁画，仆人伸手去擦。“慢着！”虢国夫人发话，她细看着，赞道：“画工极妙啊！这是个有绘画天赋的人，不是街头流氓。”她记起曾经在归元寺观壁画，对画的精美也极赞叹，她问寺中住持画者为何许人，住持说：“是寄居在寺里的一个书生，叫令狐俊，寺里仅供他食宿，他就在寺壁上没日没夜地画画，像个画疯子。”虢国夫人无比好奇，问道：“能不能带我见见这个画疯子？”住持口里道：“请！”然后恭敬引路。虢国夫人见过那个书生，长得很英俊，像一条白鱼。虢国夫人就把他收留在府中，一夜榻上缠绵，虢国夫人获得意外的满足，便将他锦衣玉食养在府里。令狐俊在外面也仗势张扬得很，坊间就有议论，说这小子是虢国夫人的面首。这日族兄国忠过来，说：“你府里养这么个男人也太不像话了！”虢国夫人却反唇相讥道：“你嫉妒了？我这府里可养了上百个男人呢！”杨国忠说：“你别太任性了。你还是三郎的人呢！当我不知道吗？三郎知道了会怎样对你，你不想一想吗？”次日，虢国夫人就遣走了令狐俊，令狐俊问：“为什么？”虢国夫人说：“我这里又不是落魄书生的收容站！”或许是这句话伤害了他。可她当时不能不赶走这个书生，因为晚上她要接待一位长安最高贵的男人。那位男人为了与她共度一个销魂之夜而置后宫万千佳丽于不顾，特来跟她幽会。当然这已不是第一次，也不会是最后一次。可这事已过去很久了，墙上的画不过是书生对良宵的怀念，也是巨大的讽刺。

其实虢国夫人是个被繁华包裹的孤独女人，她早年丧夫，又正值盛年，像牡丹花正开到浓艳处。左相与右相杨国忠不和，彼此争斗，朝野皆知。一次，虢国夫人和兰公主曲江出游，见一群人经过，她朝人群里的贵妇人斜睨一眼，对兰公主说：“那个衣着庸俗的美人听说是左相的老婆，这就是她的品位，我当她怎么不得了呢！”说罢故意笑得很大声，兰公主抿嘴笑。生日这天，虢国夫人却意外地收到左相夫人的礼物，左相的家人将一个胡奴送到她府上，人木讷，过人的东西却无法掩饰。虢国夫人见了大笑，对来人说：“替我谢了左相夫人。”又故作寻思地问，“她送我这么稀罕的礼物，那么，我该以什么样的礼物来还你家夫人呢？”来人道：“主人交代，只要夫人高兴便是最好的回礼！”虢国夫人眼珠一转：“哦，你真是个称职的管家，有没有兴趣到我府上来做事，我会用高于左相家一倍的待遇给你。”来人只淡然而不失恭敬地说：“不敢。”然后缓步退出门去。

“昨晚虢国夫人的马车撞了人，她的家奴把人家痛打一顿！知道撞的是谁吗？广宁公主，被打的可是驸马！这将皇家的脸面置于何处？”左相激愤无比，环顾散朝后同时步出兴庆宫的同僚，不无煽动地说：“一个卑鄙家族的阴谋可能颠覆一个国家。”

“你是说杨家？他没有这个力量。”

“那是谁？”

“安禄山。”

坊间都认为杨氏一门是长安最显赫风光的家族，皇帝先后册封杨贵妃的三位姐姐为虢国夫人、韩国夫人和秦国夫人，她们和深得皇帝重用的族兄——右相杨国忠都居住在平康坊正南方向的宣阳坊，虢国夫人的宅邸与杨国忠的宅邸隔街对门，而韩、秦两位夫人的宅邸就在国忠隔壁。杨氏姐妹同时出去春游，极尽奢华，惹人注目，成为长安一景。不过，三姐妹之间也有恩怨情仇。起因还在于虢国夫人墙上出现的男女交媾的图画。令狐俊在被虢国夫人赶出来后，为了发泄怒火，他将自己面首经历画在虢国夫人墙上以作嘲弄。府中人员劝阻令狐俊，并送钱给他，请他离开。令狐俊说：“除非给十倍的钱，并让虢国夫人当众向我赔礼道歉！”虢国夫人让管家带护卫去收拾令狐俊，他却不见了。隔三岔五，墙上就会出现那幅画。没想到这个书生竟被韩国夫人藏在府中。虢国夫人要姐姐不要庇护他，这种人就是无赖，无非是想敲诈勒索。韩国夫人反而谴责她：“你的名誉被玷污了，谁也无法补救。”虢国夫人也没有过于强逼，只是默默离开。几天以后，韩国夫人突然让人将虢国夫人叫了过来。虢国夫人一进门，就见韩国夫人眼里射出阴郁的光，像一把黑色匕首刺向她。韩国夫人知道自己心爱的男人死于这个狠毒女人的阴谋。“我明白你的忧伤。”虢国夫人说，“可我不得不这么做！他也是我爱的人。”韩国夫人说：“因为他不爱你而爱我，你因为嫉妒，才暗害了他！”躺在地上的令狐俊赤裸着上身，像一条刚被腌的鱼。虢国夫人冷笑道：“是的，我们的名声都差不多，在长安城里谁不知道呢！”韩国夫人无语。虢国夫人对她说：“你不需要害怕我，我不会伤害你，你毕竟是我姐姐。可你必须知道我赢了，你输了。”韩国夫人蔑视地道：“多好的妹妹啊，你想嘲笑我吗？”虢国夫人口气转缓：“我没有别的意思，我现在只想和好，我们是姐妹，妹妹从小就爱你！”韩国夫人仿佛心受触动，怒意渐渐消减：“我也怀念过去的时光。”虢国夫人主动抓起她的手：“你愿意跟妹妹和解了？”韩国夫人嗫嚅地叫了声：“妹妹。”虢国夫人报以热情的回应：“姐姐！”一场风波平息，虢国夫人府外墙的画再也没有出现过。

这年十二月，北风狂啸，像是狂风里隐藏着一群妖魔鬼怪。长安城家家关门闭户，钉死窗板，街巷一时阒无一人，只有野狗和逃出樊篱的鸡鸭大摇大摆地闲逛着。神放弃了长安，长安作为帝都的荣耀也已蒙尘。长安只有亲仁坊一座大宅邸里格外热闹，男人们忙着杀猪宰羊，仿佛要办喜事。女人们都在精心化妆，她们敷的脂粉、熏的香料都恰到好处。这是三镇节度使在长安的府邸，府里人都知道，主人安禄山要来了！

据说虢国夫人是安禄山的秘密情人，杨玉环邀她随皇家卫队一块儿撤走，她婉拒说：“家大业大，这一走就没着落了，如何扔得下？”其实她暗里盼着安禄山早日进军长安。虢国夫人府邸的外墙上昨天又被人画了一幅春宫图。可是等了几天，形势发展并不乐观，从东都洛阳看，安禄山的士兵破城之后见人就杀，所到之处皆沦为地狱。虢国夫人急带一双儿女和嫂子（杨国忠匆忙随皇帝悄悄出走西蜀并未带走妻子）逃出长安西行。当她得知护卫皇帝出走的禁军首领和太子合谋诛杀了族兄杨国忠和妹妹杨玉环时，他们躲藏的竹林已被所在地陈仓的县令率兵包围。虢国夫人对娼妓出身的嫂子裴柔说："看来今天是我们杨家的死日。"裴柔说："我不怕死，可我下不了手，求你杀了我再自杀吧！"她将一把锋利的短剑递过去。虢国夫人接过，说："好剑！"她一剑刺死了儿子裴徽——他的成长在虢国夫人缜密操控下，对此裴徽也流露过抗拒，裴徽曾对他的母亲说："你当然可以把猫叫成鱼，可它还是不会游泳。"最终他不得不接受母亲给他的结局。她给了他生命，也可以斩钉截铁地收回。她一剑拔出来又刺死了女儿。

她已满脸泪水，裴柔叫道："杀死我，快杀死我！"虢国夫人握剑的手颤抖不已，说："我没有力气了。"裴柔哀求道："给我一剑就行了，求求你，妹妹！"虢国夫人双手握剑闭着眼把剑向裴柔刺去，然后收剑，说了声："死原来这么容易，现在轮到我了，应该不会太难。"她举剑自刎，但她毕竟接连刺死三人，为了让这三个人走得不至于太痛苦，她用尽了全力。当她自刎时，力度、信心及熟练度都受了影响。她只是割伤了脖颈，但没死。扑上来的人夺下了短剑。虢国夫人问："你是谁？为什么不让我死？"那人回答："陈仓县令薛景仙。"薛景仙说："不是不让你死。你们杨氏一门专权误国，败坏朝纲，骄奢淫逸，个个死有余辜。"虢国夫人疯狂大笑，既像自言自语又像对薛景仙说："你是看到我结局的人，却没有看到我是怎样走向这个结局的，好像这一切都潜藏在我走过的一生里。有人同情我，认为我是寡妇，没有呵护自己的男人。我却认为我这辈子最不缺的就是男人，天下最有权力的男人——皇帝是我的妹夫，权倾朝野的右相是我亲爱的族兄，还有三镇节度使、东平郡王安禄山，我以为他们爱我，他们哪一个不能保护我？还有那么多我接触过的男人——那时候我误以为我还能保护的弱小的男人，可是我错了。有权势的男人无非是把我当玩物，而其他男人无非是利用我以达到他们的目的。看来左相夫人骂我是对的，这时候我才知道没有一个男人能呵护我，我是个早已失去了丈夫的可怜的寡妇！这就是我的命运！并且我将接受这样悲惨的死亡。"说罢死去，据说是伤口的血凝结在喉部导致窒息而死。

虢国夫人的故事和《茶花女》相同之处是，都是悲剧。虢国夫人的故事完全可以写成一部比威尔第《茶花女》更出彩儿的歌剧，尽管它无关爱情，可处处又渴望被爱。我没有作曲家的才华，又不想写成小仲马那样的故事。我只能说长安真是一个大舞台，什么样的剧都能上演，有歌剧、舞剧、话剧、诗剧、歌舞剧、悲剧、戏剧、荒诞剧、魔幻剧、悲喜剧、现代剧、未来剧等，仙怪、帝王、贵胄、庶民、酒鬼、巫师、道士、弄臣、昆仑奴、神偷、游侠、泼皮、京兆尹、大力金刚、县令、落魄书生等等纷纷上场又下场。至于杨玉瑶，她就像一个意外。

幽兰之水

很久以前，我是一个外省的游方郎中、主治跌打损伤的医生，兼擅治疑难杂症的民间方士、没有任何文艺细胞的江湖武师。人们叫我马郎中，我也不是身怀绝技，只是一个走到哪儿都能混到吃喝的人。这样的人，过去很多，我只是其中一个。

我跟别人的不同之处在于，别人只是混吃混喝。说实话，我是有点儿不屑的，因为我心里还是有一个羞于启齿的志向。我想我若这样胡乱游走，是毫无意义的，我要定个方向，我要去长安。而且我去长安也不是为了看热闹，我还年轻，我要去争取一份爱情。长安什么样的女人值得我去花这样的心思呢？那肯定是公主和贵妃了，可据说贵妃是老皇帝爱得死去活来的二太太，我是没机会的。至于公主，那是他老人家的女儿。又据说老皇帝有 52 个孩子，其中公主就有 29 个，他老人家真能干。他已招了 28 个驸马（这些马路消息对我这种游方人士而言是手到擒来，灵通得很），还差一个没招，是不是在等我？！说实话，我就是冲着那个没招驸马的公主去的，那可是个好空缺啊！关于公主，有人推测她已到出阁之年，之所以没招驸马肯定是有问题，要不就是个斗鸡眼、麻脸婆或者跛子，要不就有更深的难言之隐。据说坊间还传抄着一册她的诗集《幽兰之水》，也有说它是假托公主之名，其实是出自平康坊青楼女之手。

这些传言我都不在意。我又不是文艺男，我只是个专治难言之隐的江湖郎中。好歹我得去瞧瞧，她叫什么来着？对了，好像是叫兰公主，这名儿好，有香味，就冲她，我的游走就有了明确目标。可是我来得不是时候，错过了长安的繁华，可能是我在路上走的时间太久了，有几回还走错了方向，等我到长安时正赶上大乱。到处是急于逃离长安的人，像没头的苍蝇一样乱窜。据说乱军快打过来了，老皇帝（有可能是我将来的老丈人）带着贵妃和羽林军都开溜了，而且叛军——野蛮凶狠的叛军是由粟特人、突厥人、契丹人、奚人、高丽人、靺鞨人和室韦人等组成，领头的是三镇节度使安禄山。他们一路攻城略地，杀人不眨眼。过去我听过一个最可怕的杀人故事，说有个地方的人极变态，他们跑出来拦住路人，请他们杀死自己。如果人家不答应，他们就杀死人家。而听说叛军更变态，他们逢人就杀。平民百姓也成了他们的挂马佬（他们以人头论功行赏，往往砍百姓的头，挂马上以便计功时充数，被杀的无辜者称挂马佬），事态真是糟糕到了极点。我立马想到兰公主怎么样了？我赶忙打听她的消息。据说我将来的老丈人皇帝逃走时过于仓皇，只带走了贵妃，一个公主也没来得及带走。估计除了兰公主，其他公主都有驸马保驾逃跑。我心里早把自己当作了兰公主的驸马，我得赶紧去保她的驾，这是当仁不让、义不容辞的事。就在我打听兰公主的下落时，长安沦陷了。我跑到公主府邸所在的崇仁坊，天哪！很多地方都起火了，叛匪曹将军已带一拨人马杀到了这里。我只有抓紧时间赶在曹将军之前冲进公主府把公主救走，那是我赢得一生爱情的机会。

可是，当我狂奔到公主府门口时，就见几个乱兵已把公主的府门砸出了一个洞，正将家伙扔一边，趴在地上，争着探头往里看。我自恃有些武艺，趁乱兵大意，拿起刀猛扑过去，一顿猛杀，先把几个兔崽子放了血，一猫腰，钻进了门。我大喊：“公主，兰公主！”好不容易叫出来一个惊慌失措的丫鬟，我说：“别怕，我是来救公主的。”丫鬟惊喜地问：“是皇上派来的吗？”我胡乱“嗯”了一声。丫鬟说：“我是公主的贴身丫鬟青儿，人都跑光了，只剩我和公主没跑，公主说父皇不会把她扔下的，他老人家果然派你来了！”我说：“好的，青儿，快带我去见公主，我们赶紧走！”青儿一把拉住我的手，我不知道是她误当我是老皇帝派来的人而产生的信任，还是由于恐惧而产生的依赖，反正她抓住我的一瞬间，我有一种从未有过的感觉。心里一酥软，也不紧张了，竟壮起了胆气。

见到公主，我闻到了梦想的香味，只觉得一片明艳的光闪烁了一下，她的装束虽与青儿无大差别，后来才知道那是为了便于逃出长安，青儿拿了一身自己的衣服给她换上；但公主的光华——我是说她的美貌却是能照亮人心里那些自卑的。可我来不及自卑，也不懂啥是自卑，我是江湖郎中，我说：“公主，咱们赶紧走，趁更多乱军还没过来，赶快！”公主问：“就你一人？”我狠劲儿点点头：“就我，怎么了？”公主犹疑了一下，问：“崔晚呢？”我看看青儿，问：“什么崔晚？”青儿对公主说：“他没来。”公主像是在自语：“崔晚怎么没来呢？”我说：“城里人都在逃呢，再不走就来不及了！”兰公主将目光定在我身上，问：“你是谁？”说实话，我衣着不怎么样，何况再加上长途旅行，相貌更比不得京华的王孙公子，肯定是禁不住公主审阅的，好在我足够机灵，我答道：“我是受命来救公主逃走的人！这种时候，你待在府中是不安全的，我刚才是杀了几个乱兵才进来，下一拨乱兵马上又该来了。”青儿也说：“公主，我们快走吧！”兰公主对青儿道：“你们先走，我还要等一等。”青儿焦急道：“公主，这都什么时候了？”正说着，一个青年男子边跑边喊着公主进了院子，这男子个子没我高大，人却精神俊逸，我心里竟有矮他一截的感觉。尤其公主见到男子那份激动的样子，我是有醋意的，猜想这人就是她念叨的崔晚了。崔晚一路过来无疑不易，他拉起公主就走，公主也毫不犹豫地跟他走。

我们刚到大门口，就被冲过来的一队乱军堵住。我急忙把青儿拉到墙角。来的是安禄山的手下曹将军，他正是冲着公主来的，当即把兰公主和崔晚扣住。曹将军是要将公主交给安禄山的儿子安庆绪，安庆绪事先就打了兰公主的主意。可见跟我马郎中一般怀揣长安梦，想做驸马的人还真不少。说是剃头担子一头热，这担子公主府门前可排了一大溜。我说过我是个机灵的人，也是讲情义的人。虽然跟公主只有一面之缘，见她被抓了，即便我想放下不管，可我一手拉住的青儿，可青儿放不下，硬要去找她。我这手却似乎粘住了青儿的手，怎么也不肯松开。她要去，我肯定也得跟着去，而不能掉头逃走。

天黑了，置身恐怖与夜幕笼罩的长安，我才真实地意识到一路上风闻的乱世已经降临。我虽游走江湖，却不会干乱中取利、趁火打劫的勾当。我也不是说我多么高尚，长期以来我所在的江湖似乎只是污泥浊水，我马郎中仅是里面的一条泥鳅。但我心地还算干净，我是冲着长安的美好而来，迎面撞上的却是它的破碎。我想公主的爱情绝不会是顺手牵羊，作为皇帝的女儿，她当然有自己的选择，而在这种残酷的选择中，一个宫廷乐手的概率绝对大于一个江湖郎中。何况他们还共事一师——李龟年，这些都是后来我从公主的丫鬟青儿那儿得知的。那天夜晚，我们悄悄尾随曹将军——曹将军是突厥人，是安禄山帐下五虎大将之一，也是攻打长安的前锋。我们发现曹将军好像另有打算，他并没有把公主带出公主府，回大营交给安庆绪，而是将公主和崔晚关押后自己去了大营会合。这就给我们营救他们带来了机会，青儿对公主府是何等熟悉，闭着眼睛她都能摸清府内的每个角落，而乱兵忙于攻取长安后的作乐，知道长安守军（包括皇帝的禁军）败的败，逃的逃，故对公主二人只是关进屋里一锁了之，却不承想这给了青儿带着我打开暗门将二人救出的机会，而后又趁乱连夜逃出长安。剩下的路，我和公主是注定走不到一块儿的，她要随乐手崔晚走。而我拉着青儿的手，兰公主也是看出来了。为了表达对我搭救她的谢意和对青儿前途的关心，她让青儿随我走。我觉得老天虽然弄人，却还是公平的。我的长安之行有了青儿也就不虚此行。后来我得知，真正救了公主的不是我和青儿，而是作为安禄山内应的禁军首领之一的陈代年少将军，他支开了打算把公主带去见安庆绪的曹将军，又让人给在公主府看守的乱军送去了酒肉，才给我们创造了营救的机会。

当崔晚带着兰公主逃离长安，兰公主的身份就随长安一道陷落了。摆在崔晚面前的有两条路，一条是带兰公主北上，去找郭子仪将军。另一条是南下，带着心爱的女人去做流浪艺人。北上意味着去找寻公主的身份，郭将军率领他的部众还在盘算着反攻长安，收拾旧山河。南下则是流落民间，从此卖艺为生。

两人商量时，崔晚出于某种无形的责任倾向于前者，即北上。而兰公主却倾向于后者，南下走向民间对她更有吸引力。公主曾经给崔晚演奏过她创作的秘不示人的乐曲《幽兰之水》，也许一种流浪就从这里开始，这是始于意识的一条歧途，它在兰公主的大脑里是抽象的，而对来自南方民间的乐手崔晚来说却是真切具体的。尽管北上与南下都是险途，但北上毕竟有大希望，而南下之路只有苍茫。那些曾经熟悉的幕府和山水正在瓦解，如同他演奏过的一段段乐曲，不会停留在某一个园林或楼台上等着主人离开。你一走，它就消失，不会绕梁三日，袅袅不绝。对此，乐手崔晚比谁都清楚，他不会产生听者的幻觉和臆想。哪怕在乐曲演奏的那段过程中，他构建了空中楼阁，里面发生着惊艳的相遇与缠绵，但随着乐曲结束，一切皆不存在，都是虚妄。而现在他身边的兰公主是真实的，她不是音乐的化身，而是皇帝的女儿。她闪亮的眼睛，她的嘴唇，她的头发、肌肤，她的鼻翼，她的呼吸，她的声音，都是真实具体的。崔晚初到长安时与公主在石桥上擦肩而过，公主回望崔晚，她艳丽的明眸像一道闪电刻在崔晚的心里，虽然当时他并不知道她是公主，可正是因为那一眼，崔晚爱上了长安，从此那双眼睛不断出现在他的梦里。可现在的逃亡生活，跟他曾经做过的梦没有关系。在梦里，兰公主是散发着香味的，她的裙子华丽而高贵，没有一点儿尘埃。可眼前，经过几日的仓皇奔逃，公主已没有那种光彩，甚至连续几日没洗脸，也没有完整的睡眠，她的脸已变得污秽而疲惫，身上的衣服也染满了黑色、黄色、白色、灰色等等的污渍，但她仍然很美，只是没有了华丽的包装，如同跌落尘世的仙女，看上去像个民间的女孩。崔晚是于心不忍的，他只抱定要为她寻回失落的皇家身份。公主却说："你那么在乎我的身份吗？如果我原本就是普通人而不是皇帝的女儿，你会怎样对我？"崔晚说："我虽然卑微，又怎能怀疑公主的身份？"崔晚对公主的身份是铭心刻骨的，当初就是公主用她的身份在皇帝面前保护了他，并公开挑战了高高在上的父皇。

在江湖上游荡的马郎中根本不知道平民出身的宫廷梨园乐手崔晚爱上了兰公主，他更不清楚长安世家子弟、御林军野心勃勃的年轻统领陈代年将军早就有意于公主。这种恋爱的三角早已形成，似乎没有丝毫马郎中可以插上一杠子的缝隙。这三人在天宝末年发生的爱恨纠缠惊动了皇上李隆基。一个是他欣赏的皇室乐手，一个是他赏识的希冀成为栋梁之材的、年轻有为的将领，再一个就是他曾经独宠但早逝的梅妃所生的兰公主。皇帝早年的英武决断化为了暮年的优柔寡断。他沉迷杨妃鲜活的肉体，试图从中找回自己的豪迈，纵情声色，沉醉于豪华的宫廷歌舞与宴饮，而视国家危机于无睹。崔晚无意中勘破了陈将军勾结节度使安禄山的阴谋，他要兰公主提醒皇上，反被皇上判为因妒生谗，诬陷陈将军。危厦将倾，崔晚万念俱灰。长安陷落了，皇上出逃，崔晚和兰公主的爱情在动荡中飘摇，谱写出一曲乱世的情爱挽歌。而长安的繁华和破碎与这出末代的风流蕴藉的爱情绝唱呼应为宏大的史诗交响。这些宫廷故事跟马郎中手上摆弄的疑难杂症看似风马牛不相及，可在那年头，长安宫廷的故事就是最大的疑难杂症，只是没有厉害的郎中而已。马郎中正如他自己所说的，不过是板荡时代的小泥鳅。他哪里看得明白时代的大症，甚至搞不懂宫廷的男女关系，这些却让外省来的乐手崔晚撞上了。

兰公主、陈代年、崔晚三人的碰撞是发生在一次宫廷破阵舞会上的。一百位大力士手撑盾牌，支起一个悬空舞场。年轻英武的陈代年率着同样英姿勃发的羽林卫骑马踏盾入场，马在盾牌上随《破阵乐》起舞，赢得一片喝彩。可这时陈代年的马在表演马衔金杯敬酒给兰公主时出现意外，马蹄踏塌了盾牌，军马眼看失去控制，就要踏到公主身上。一旁演奏乐器的崔晚冲了过去，猛力抓住马鬃拧开马首。马的重心转移，大力士失去平衡，手举的盾牌翻了，陈代年从马上狼狈地摔了下来，领头的舞马一乱，整场破阵舞陷入一团糟。所幸崔晚救护了公主。陈代年从地上爬起来向皇上请罪，这么重大的场合，皇家颜面何存？请罪的陈代年目光却射向崔晚。羽林军当即把崔晚推到众人面前，让他顶罪。欢快热烈的场面顿时陷入僵局，无法收场。当着各国宾客满座公卿贵戚的面，皇帝李隆基也尴尬地愣在那儿。他冷冷地发话道：“推出宫去，斩了！”“不！”公主不顾一切冲上前护住跪地的崔晚，“要杀先杀了我！”皇帝上前，喝住公主：“你这是在干什么？有失皇家体统！”公主求道：“这个人是为了救我，罪不当死！”皇帝怒指崔晚：“把他赶出宫去！”扯住公主的袖子气冲冲地走了。公主回头定睛望着崔晚，三个羽林军士兵将崔晚推出宫。

事后，皇帝交代不必为难崔晚，他心里清楚崔晚对陈代年的冲撞也是因为怕公主受伤害，崔晚继续留在梨园乐坊，他由此也开始怜惜崔晚的才华。只是当他察觉到公主爱上了这个乐手，心里的滋味绝非马郎中之辈所能理解。拥有万千妃子和自己都记不清有多少儿女的皇帝原本以为一切都是可控的，宫殿内外都是他翻手为云覆手为雨的事，可迈入老境的身体在一次次的消耗中已力不从心，妃子的身体仍鲜活得无法抗拒，正在把他仅剩的精力熬干。而安禄山的叛乱剑指长安，在他登上皇位时就知道每个帝王头上都悬着一把剑，这把剑开始朝他落了下来。他的江山也像他的身体在衰败中沦陷，他已顾不上公主，甚至失去了心爱的妃子，他已听见生命的逝水一去不复返的声音——《幽兰之水》。李隆基在弥留的时光反复重复着这支曲名，旁边的侍者一头雾水。而崔晚与兰公主在流浪中下落不明，在李隆基瞑目的那一刻，青儿产下了一个胖小子，马郎中淌下了喜悦的泪水。数日之后，从婴儿的襁褓里掉出一册肮脏的残卷，里面的诗抄写得工整而娟秀。

残刀

颜鲁公在写出《祭侄文稿》之前，就预感到他这辈子会写出一篇惊天地泣鬼神的东西，但他不知道那是什么东西。有一天他梦见那篇东西时，他哭醒了。他隐约预感到他写的那篇东西将使他付出失去亲人的代价，而在这背后是长安的沦陷与盛唐的破碎。为此，颜鲁公在成名以后就拒绝为人写字、题匾，甚至游历很多名山时也极力克制自己，尽量少留文字。

长安的名流显贵都羡慕他的墨宝，不断有求者托人情送上丰厚的润笔费，颜鲁公皆不为所动。他想忘了自己是个书家，荒废掉手上的功夫，他曾经动念自残手指，但身为朝廷官员，他没有理由自损这副献给国家的身体。他只有冷着脸，硬着头皮拒绝络绎不绝的索求墨宝者。一次，杨相国故作不经意地流露出向他索字的意图，他对颜鲁公说："我听说这偌大的长安已没有人能有面子求得先生的墨宝了。"颜鲁公说："哪里话，我的破字本就不值得为人所求。"杨相国轻咳一声，说："若是我开口，不知有没有这个薄面？"颜鲁公面有难色，说道："我的字哪里能污了相国的眼睛呢！"杨相国说："明白了。"

时隔不久，颜鲁公被贬出长安，出任平原太守。当然，颜鲁公没有答应给杨相国写字仅仅是得罪这位权倾一时的京城大人物的诸多原因之一。而平原太守辖属区域正好在阴谋叛乱的安禄山的管辖范围。公元 755 年，当那场叛乱裹挟起滚滚狼烟时，颜鲁公首当其冲。他不假思索地提笔，用他那万镒黄金也换不来的字书写呈送长安的急报。大唐危矣！长安危矣！挺身拒敌，舍我其谁！颜鲁公联络其从兄常山太守颜杲卿起兵讨伐叛军。

就在次年正月，叛军首领史思明部攻破常山。当颜鲁公得知从兄父子及颜氏一门三十余口为国死难的消息后，悲愤之情摧肝断肠。当他派人到河北寻访侄子季明的首骨携回时，他整个人呆立在那里。半天之后才缓过来，他铺开纸，伸手摸笔，不，他又努力克制住，用牙齿咬住提笔的手，他没法写。他强忍着不写。他知道这一下笔就是山崩地裂，河川变色，他得忍住。可是他嗓子眼儿里还是吐出了那三百个字，他没有落笔，但他似乎看见纸的背面有一支笔在飞快地扭动，痛苦地挣扎着和文字的线条扭曲在一起，写一行，又涂去，接着写，字写歪了，仍写，再涂改，一气写下去，掷笔。

他知道盛唐在一幅字里碎了，如破碎的牡丹狼藉不堪，哀怨而悲愤，像一阕挽歌。后世把此书誉为“天下第二行书”。这幅字跟颜鲁公所有的字都不同，颜鲁公清楚，笔一直被他死死抓住，没有落在纸上，那是藏在纸里的鬼神写的。他抓着笔唯恐笔跑出去的手，被咬破一块肉，多年后仍有一块疤痕，像残刀。

不朽之书

长安的宫中秘阁藏书最富，而开元末长安与洛阳宫中集贤书院藏书十二万五千九百六十卷。而民间藏书家也不乏其人，据无名氏所撰《大唐传载》记录，刘伯刍藏书两万卷，杜兼藏书万卷，韦处厚、田弘正各藏书一万卷，苏弁藏书两万卷，朱氏西斋也藏有万卷书。而且最有名的藏书家崔仁亮有藏书楼，且对书的保护精细之至。但一场“安史之乱”，使宫中乃至民间绝大部分的藏书皆遭焚毁、佚散。只有极少数藏书家仍然在努力挽救、搜寻并保护那些不朽之作。他们认为语词不会死，它会消亡，就像一本书被焚毁，书里的语词随之变为灰烬，但语词会升腾，离开纸灰，在空气中游荡，找到合适的大脑，它又组合、诞生，如此循环往复，不可灭绝。字纸有灵，就是如此。

有的书由于没有强大的思想之灵凝结，它会死，但有的书将不朽。藏书家的使命就是从无数的书中找出那不朽之书，把它藏好，关键还不是水火与人为的破坏，而是免遭邪灵（有时邪恶的思想之灵同样强大，它可能使不朽之书遭受劫难）入侵，所以藏好不朽之书很难，它甚至会使藏书家付出性命的代价。藏书家有自己的节操和律令，不能擅自篡改书（过去的书多为手抄本，尤其是稀世之书、受禁之书），不在他人之书上随手记下文字以玷污其书，不沐手焚香不翻书以保持书的洁净，穷困之时宁卖身不卖书，头颅可假（通借）书籍不借，宁获罪不交出藏书。一本不朽之书诞生不易，流传下来更加不易。藏书家是不朽之书的忠贞护法者。

据说当叛军攻入长安，焚烧宫殿，藏书阁亦是重点放火烧毁之地，当大火燃起，藏书阁中没有人弃书逃命，而是与书共焚，化为灰烬。袁重山的兄长就死在长安的藏书阁。身为民间不朽之书的护法者，袁重山的书早在这之前就藏在了终南山僻静的书院里，乱世多恶灵，山野更是各种灵类的出没之地。

为了保护不朽之书免受邪灵侵袭，袁重山率书院弟子日夜值守，须臾不离半步。一天深夜，袁重山正坐定在中堂值守，忽然有一疤脸人出现在他面前，先是施礼，说：“我在很早之前就听说过山长的大名，十分心仪，一直想拜访您，希望能借阅您的藏书拜读。深夜到来，多有唐突。”袁重山心里暗惊，知道来者是邪灵的化身，他已突破外面三重弟子的护卫圈，进入到自己这里，想必外面弟子已遭不测。想到这里，袁重山反而镇定下来，他说：“我当然知道你是谁，也知道你找我很久了。你我的碰面不在早晚，白天黑夜也没有任何区别。我手上这本书与我不曾须臾离开，你若真心想看，那么就请你表示你的诚意，我会亲手奉上。”疤脸人说：“我深夜上山拜访，这本身就是诚意。我知道山长有众弟子，而我孤身前来，这也应该是我的诚意。”袁重山冷冷一笑，说：“你应该在山下长安宫殿藏书阁的大火里寻找过一遍了吧？”疤脸人摸了摸脸：“哦，那好像是很久之前的事了。我见过令兄了，他很顽固，脾气倔，你可不该像他。”袁重山说：“这么说，你不来找我，我也要去找你的。”疤脸人嘿嘿笑道：“山长客气，我知道您是爱书的人，刚巧我也嗜书如命。”袁重山说：“你我不一样。”疤脸人说：“怎么不一样呢？”袁重山说：“我书院的书是为后世而预留的，你要找的书恰恰是我选定的书中的黄金，它具有不朽的品质，这大概是使你产生欲望要占有并改变它的缘由。”疤脸人目不转睛地盯着袁重山用手护在怀里的那本书。疤脸人说：“这世上真有黄金书吗？过去我只是听说过，还没有亲眼看到它的荣幸。您看，长安都毁了，这世上纵使留着黄金书又有什么用！”袁重山吟道：“水精编帙绿钿轴，云母捣纸黄金书。世上哪有真用黄金做的书呢？不过是一种比喻罢了。”疤脸人说：“看来在山长面前我还是很肤浅的，实在令人惭愧。”袁重山说：“出乎意料的是你还如此彬彬有礼。”疤脸人说：“我本来就是一介书生，读书人而已。”袁重山说：“好，也说这么多了，可见你不看到这本书是不会离开的。”疤痕人露出意外惊喜之色，说：“山长是愿意将您的宝书供我一读的了？”袁重山道：“你既然来了，我肯定不会令你失望而去。”说着从怀里取出一本书，那实在是一本装帧精美的书。

袁重山郑重地将其放到疤脸人面前，疤脸人迫不及待伸手去翻，一道金光射出，他惊叫：“黄金书！”然后被书页上射出的金剑的光芒击中，化为一缕黑烟消失了。

长生殿

长生殿已废弃多年，据说里面关了两只鸟，叽叽喳喳叫了很久，像是哀鸣，又像为鸟儿自己唱的挽歌。后来鸟儿也噤声了，静了下来，气息全无，好像死了，但没有谁愿去看一眼。长生殿也仿佛成了腐烂的一堆废墟，生出腐朽的气味。

此前长生殿是宫殿的精华，里面有水晶石做的鸳鸯浴池，是宫殿中的宫殿，池中有轻雾般的纱罗帐，又是一重宫殿，轻纱内有丰润、美艳的牡丹般横陈的胴体，是宫中极乐的宫殿，老郎君贪恋的欢爱所在。多少年以后，宫殿的遗址上坐着歌剧演员于永昌，他一身唐明皇的打扮，妆容疲惫而衰老，但他一曲《失眠咏叹调》，把一座看不见的宫殿唱成了华丽舞台。其嗓音浑厚、高亢。那些陷落、散失、破损的宫殿砖石、瓦栏、龙柱、鹤灯、帐幔、帷幕，随着男高音华丽的唱腔再度组合到了一起，而长生殿便在他的歌声中越升越高，像一只展翼的大鸟追逐着光芒，光芒里还有一只翩翩彩袖般的飞翼。

灯光骤暗，老郎君失落地收住“咏叹调”，两眼虚无而空洞，说：“我已这么老了，还拿什么跟你去比翼？”你已飞在天堂，而老郎君尚沉沦在人间，这宫殿不过是舞台，叫它长生殿，只是一厢情愿。老郎君在长生殿待的时间越久，越感到对飞去另一个空间——它可能就存在于长生殿中，意即人们所谓“天堂”的无奈。他试图给去了那个地方的爱人写信，诗体的、尺牍体的、鱼雁体的、羽毛体的，草书的、篆书的、楷书的、行书的、隶书的，他都尝试过了。他甚至用过圣谕体的，用的是工整的蝇头小楷书写。在这封圣谕体的杰作中，他不惜流露了从不曾在其中呈现的真情实感，而且是在行文的开篇，老郎君书写道：“爱妃，朕很想你。”尽管此时他已不是长安之君主，而是有名无实的太上皇；但他还是情不自禁地放任自己在写给爱妃的信笺上行使国君的权力——仅仅是写一封隐秘的私函。这些信，老郎君无一不是委托忠心耿耿陪侍在自己身边的高力士发出的，他也很老了，两个人在一起如同一个人是另一个人的影子。长生殿只有他们二人和一个幻想中的女子。他们如同处在那个被幻想出来的女子的梦里——她当然是个色艺俱佳的好演员，在长生殿里充当了灵魂的角色。

当她第一次读到白乐天写的诗：“七月七日长生殿，夜半无人私语时。在天愿作比翼鸟，在地愿为连理枝。”她潸然泪下，她已经看见老郎君被困在长生殿的舞台上，怎么也出不来，她努力通过灵魂去接近，并触摸另一个痛苦的灵魂。而观众是感动的，多好的一出戏，只有伟大的长安才配有产生这种不朽经典的可能，它使一座宫殿的废墟幻象重生，瑰奇哀婉。而老郎君总是带着繁华过后的悲凉宿命感一再陈词：人生不可选择，生成怎样，或有怎样的命运，仿佛都是注定，看似的偶然，也只是表象。在这背后，一切都已设定。而长生殿只能在舞台上，与它对应的是马嵬坡，从兴庆宫到马嵬坡，再登上长生殿，是一生一劫一轮回。

七十八岁的老郎君终日抑郁，时时面对殿内日益模糊的影子发问：“人啊！要忍过多少次泪，才能渡过苦海？”他由对情人魂归何处的追问，转向对自己衰朽的容貌和身体产生怜悯，从而有了一种被世界所抛弃的忧伤。

#《长恨歌》补遗

李隆基在反复排练并表演《长恨歌》时，整个长安就是一座剧院。大明宫、华清池、兴庆宫、马嵬坡……只是不同的转场，长安的每个人既是演员也是观众，而主角自然非李隆基莫属。

他每天都在排练并上演自己的角色——心狠手辣的政变者（公元 710 年 7 月 21 日夜李隆基伙同太平公主发动政变，诛杀韦后党羽，凡身高高于马鞭的男性皆处死，史称唐隆政变。公元 713 年李隆基召集弟弟岐王李范、薛王李业及郭元振、龙武将军王毛仲、殿中少监姜皎、太仆少卿李令问、内兄尚乘奉御王守一、内给事高力士、果毅李守德诛杀太平公主党羽，太平公主逃入佛寺，三日后返回。太上皇李旦出面请李隆基恕其死罪，被李隆基拒绝，太平公主最终被赐死家中，是为先天政变。自此李隆基掌握了皇权）、天下英主（开创开元天宝黄金时代的皇帝）、杨玉环的不朽情人（这是他乐意扮演的角色）、多才多艺的政治家（与生俱来的天赋与遗传基因）、爱民如子的领导人（开元之年天下太平，百姓安居乐业）、八方来朝的天可汗[李隆基当政时期，国力强盛，中外交往异常频繁。高丽、新罗、百济（均在朝鲜半岛）、日本、林邑（今越南）、泥婆罗（今尼泊尔）、骠国（今缅甸）、赤土（今泰国）、真腊（今柬埔寨）、室利佛逝（今印尼苏门答腊）、诃陵（今印尼爪哇）、天竺（今印度、巴基斯坦）、狮子国（今斯里兰卡）、大食（今阿拉伯）、波斯（今伊朗）等国都与唐朝有广泛的经济文化交流。各国使节、贵族、商人、学者、艺术家、僧侣、旅游者，人数众多，不断来到唐朝。唐朝的使臣、僧侣、商人亦不绝于途。亚非地区和唐通使交好的国家，有70多个。唐朝有鸿胪寺接待各国使节宾客，在各地设商馆招待外商，设互市监、市舶司掌管对外贸易。长安、洛阳、扬州、广州、兰州、凉州、敦煌，是唐朝对外贸易的重要城市。长安尤为著名，这里会集了各国来宾，许多外商在“西市”经营店铺，长期居住，国子监接受了众多外国留学生，留居长安的“胡人”有4000—5000家］、子女众多的父亲（30个儿子，29个女儿）、风流蕴藉的老男人（后宫万名嫔妃）、善于摆弄各种乐器（尤擅羯鼓与琵琶）的好手、大型歌舞晚会导演（代表作《破阵乐》《霓裳羽衣曲》，与杨玉环联合编导、杨玉环主演，另作有《春光好》《秋风高》等，制定《色俱腾》《乞婆娑》《曜日光》等92首羯鼓曲名，创作了多首羯鼓独奏曲）、作曲家、丑角演员、掌管国家兵马与命脉的主宰（国家与兵马对他而言只是一个巨大幻象）、享乐者、美食家、色彩研究者，凡此种种。他的一生制造了许多富于戏剧性的高潮和事件，最后他又结束于高潮中。

长恨乃爱与痛的轮回，又被文艺所左右，劫持这一不死之身的戏剧创意者白乐天概莫能外。正如智者所言："在大地的眼中，我们往往都是戴罪之身——不只缘于参与犯行，也因为我们知晓罪行。"

后记

本书写作时间前后跨越两年，2021 年夏天的几个月，中途停写了半年多，至 2022 年 6 月又接着写了两个月，一切还是顺利的。虽然都在夏天，2022 年又格外热，整个写作过程如踩着冰面过河，既兴奋又小心翼翼，可我还是过来了。

我相信这是一种特殊的写作经历，全书 65 个短篇，既是单篇又是整体，每一篇里都有很多留白，可以延伸通往另一篇，也可以独自打开形成一个世界。它是幻象，是废墟，是断简，是片段，是残篇，是打断和接续，是小说之心、之手、之局部与细节。

我想这是一件打碎的瓷器，它的每块碎片都因破裂而自成故事。我的写作就是将一个原本的长篇打碎，让它炸裂，每块裂片都是一个短篇。

它肯定不同于我以往的写作，它具有诗性和文本的实验色彩。这是我一直想做的事，它拓展了写作的内在空间，让另一种写作手法成为可能。我是指局部与整体，它们靠呼吸连接着，呼吸即空气，疏离、割裂又密不可分。当它们整体地形成一本书时，其阅读体验迥异于单篇的阅读感受，是惊人的饱满与灵光四射。它趋于一种艺术的集束呈示，仿佛白日焰火在天空炸开，色彩把物与空都进行了新的再造。

我珍惜这样异于他人和自己的一次次带有挑战性的写作。残篇的零落与整体的统一，这是我在《长安故事集》中要完成和已经完成的，现在它开始进入自己的命运。